単眼式暗視ゴーグル
タクティカル・ゴーグル
ヘルメット・ライト
フェイスマスク
多機能PTTスイッチ
19式タクティカル・ベスト
MANET通信機アンテナ
タクティカル・スマートフォン・ホルダー
IRパッチ
部隊章パッチ
マガジン・ポーチ（QBZ-192）
PTTスイッチ
グリップ・ポ
衝撃吸収肘パッドが内蔵されたコンバット・シャツ
QMK-171スコー
デジタル無線機
ハンド・グレネード・ポーチ
QBZ-192 カービン・ライフ
QSZ92 9mmピストル
タクティカル・ベルト
マガジン・ポーチ（QSZ92）
19式星空迷彩の戦闘服
衝撃吸収膝パッドが内蔵されたタクティカル・パンツ

■中国人民解放軍［蛟竜突撃隊］兵士の装備

台湾侵攻８

戦争の犬たち

大石英司
Eiji Oishi

C★NOVELS

口絵・挿画　安田忠幸
地図　平面惑星

目次

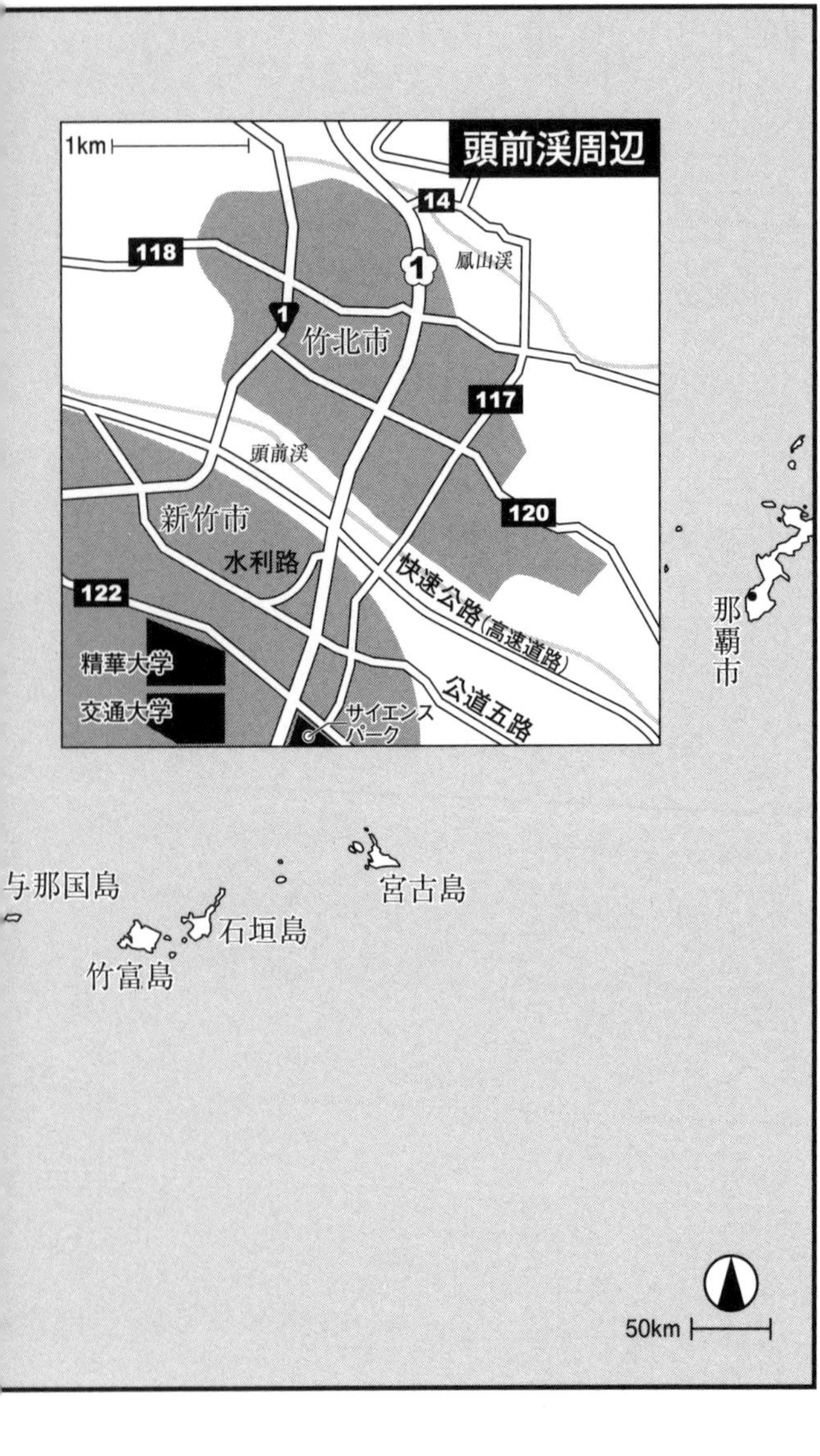

頭前渓周辺
1km
14
118
1
鳳山渓
1
竹北市
117
頭前渓
120
新竹市
水利路
快速公路(高速道路)
122
精華大学
交通大学
サイエンスパーク
公道五路
那覇市
宮古島
与那国島
石垣島
竹富島
50km

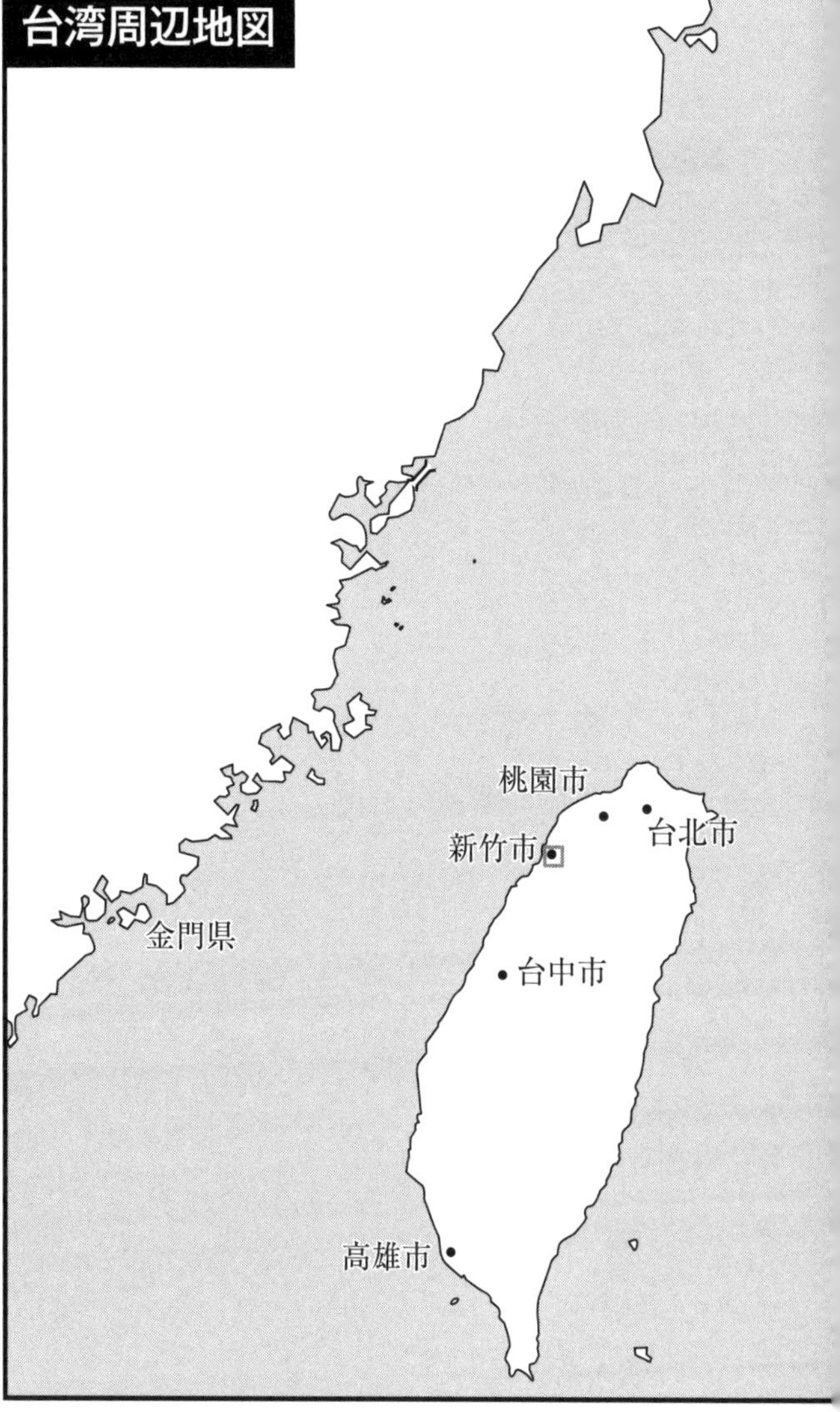
台湾周辺地図
桃園市
台北市
新竹市
金門県
台中市
高雄市

登場人物紹介

◆日本

●陸上自衛隊

《特殊部隊サイレント・コア》

土《ど》門《もん》康《こう》平《へい》　陸将補。水陸機動団長。

〈原田小隊〉

原《はら》田《だ》拓《たく》海《み》　一尉。海自生徒隊卒、空自救難隊出身。
畑《はたけ》 友《とも》之《ゆき》　曹長。分隊長。コードネーム：ファーム。
待《まち》田《だ》晴《はる》郎《お》　一曹。地図読みのプロ。コードネーム：ガル。
田《た》口《ぐち》芯《しん》太《た》　二曹。部隊随一の狙撃手。コードネーム：リザード。
比《ひ》嘉《が》博《ひろ》実《み》　三曹。田口のスポッターを自称。コードネーム：ヤンバル。

〈姜小隊〉

姜《かん》彩《あや》夏《か》　三佐。元韓国陸軍参謀本部作戦二課。
井《い》伊《い》翔《かける》　一曹。部隊のシステム屋。コードネーム：リベット。

《水陸機動団》

司《し》馬《ば》光《ひかる》　一佐。水陸機動団教官。コードネーム：女神《ヴィーナス》。

《西部方面特科連隊》

舟《ふな》木《き》一徹《いってつ》　一佐。戦車隊隊長。

●航空自衛隊

・第三〇七臨時飛行隊

日《ひ》高《だか》正《まさ》章《あき》　空自二佐。飛行隊隊長。
新庄《しんじょう》 藍《あい》　一尉。Ｆ－15ＥＸ〝イーグルⅡ〟戦闘機で驚異的なキル・スコアを上げる。ＴＡＣネーム：ウィッチ。

●日本台湾交流協会

依《よ》田《だ》悟《さとる》　台北事務所参与。民間人。

●コンビニ支援部隊

小《こ》町《まち》南《みなみ》　女子大生。中国語を勉強中のコンビニのアルバイト。
霜山《しもやま》悠輔《ゆうすけ》　桜会のコンビニの助っ人。190センチ近い大男。
知《ち》念《ねん》ひとみ　石垣島出身で流ちょうな英語を話せる。

◆アメリカ

●空軍

オリバー・R・エバンズ　空軍中佐。第18戦闘航空団の作戦参謀兼ＥＸのインストラクター。

エルシー・チャン　少佐。ハワイ州空軍パイロット・中国系。

◆中国

●人民解放軍総参謀部

任思遠《レンスユアン》　海軍少将。総参謀部作戦部特殊作戦局局長兼特殊戦司令官。

●陸軍

張偉森《ジャンウェイソン》　陸軍少佐。調達部門の仕官。

董衍《ドンイェン》　ドローンの設計が得意で航空工学の修士号をもつ。

董慶磊《ドンチンレイ》　プログラミングが得意。

董賽飛《ドンサイフェイ》　工作が得意で、フィギュアの原形師が趣味。

●海軍

《南海艦隊》

東暁寧《トンシャオニン》　海軍大将（上将）。南海艦隊司令官。

賀一智《ホヲイーチィ》　少将。艦隊参謀長。

《東海艦隊》075型強襲揚陸艦二番艦〝華山《ファーシャン》〟(40000トン)

唐東明《タンドンミン》　海軍大将（上将）。東海艦隊司令官。

馬慶林《マチンリン》　大佐。東海艦隊参謀。

・ＫＪ－600（空警－600）

浩菲《ハオフェイ》　海軍中佐。空警－600のシステムを開発。

葉凡《イエファン》　少佐。空警‐600機長。搭乗員六人のうちの唯一の男性。

秦怡《チィンイー》　大尉。副操縦士。電子工学の修士号を持つパイロット。

・Ｊ‐35部隊

火子介《フオツージエ》　海軍中佐。テスト・パイロット。

・Ｙ－９Ｘ哨戒機

鍾桂蘭《チォンクイラン》　海軍少佐。ＡＥＳＡレーダーの専門家。

《第164海軍陸戦兵旅団》

姚彦《ヤオイェン》　海軍少将。第164海軍陸戦兵旅団を率いる。

雷炎《レイイェン》　大佐。旅団作戦参謀。天才軍略家の異名を持つ。

程帥《チェンシュアイ》　中尉。技術将校兼雷炎大佐副官。

〈別働隊大隊〉

曹和平《ツァオホーピン》　大佐。別働隊大隊指揮官。

●上海国際警備公司《S.I.S》

王凱《ワンカイ》　陸軍中佐。隊長。
火駿《フオジン》　少佐。副隊長。
劉龍《リウロン》　曹長。通信担当。
白心悠《バイシンヨウ》　伍長。部隊で唯一空挺降下に成功した女性兵士。

◆台湾

●陸軍

《第６軍団》

蔡怡叡《ツァイイーレイ》　中尉。司令部付き通信仕官。

《第10軍団》

余明敏《ユーミンミン》　陸軍中将。第10軍団司令官。
頼若英《ライルオイン》　陸軍中佐。作戦参謀次長。

《陸軍第601航空旅団》＝別名〈龍城《ロンチャン》部隊〉

藍志玲《ランチーリン》　大尉。戦闘ヘリ・パイロット。コールサイン：マリリン。
田子瑜《ティエンズーユイ》　少尉。新米仕官。藍志玲大尉と前席射撃手《ガナー》として組む。

《第99旅団》＝〈鐵軍部隊《アイアン・フォース》〉の愛称をもつ

陳智偉《チェンヂーウェイ》　陸軍大佐。一個大隊を指揮する。
黄俊男《ホァンジュンナン》　中佐。作戦参謀。大隊副隊長。フロッグマン部隊出身。
王一傑《ワンイージェ》　少尉。台湾大学卒のエリート。予備役将校訓練課程出身。
劉金龍《リウジンロン》　曹長（上士）。コードネーム：ドラゴン。
楊志明《ヤンヂーミン》　上等兵。コードネーム：アーティスト。

●独立愚連隊

柴子超《チャイツーチャオ》　伍長。コードネーム：ヘネシー。アルファー小隊を率いる。
郭宇《グオイー》　伍長。コードネーム：ニッカ。ブラボー小隊を率いる。
賀翔《ホーシァン》　二等兵。コードネーム：ドレッサー。
崔超《ツイチャオ》　二等兵。コードネーム：ワーステッド。

●その他

〈桃園の郷土防衛隊〉

李冠生《リーグワンション》　陸軍少将。金門《ジンメン》の烈嶼《リエユー》守備大隊の指揮官を歴任。
楊世忠《ヤンシージョン》　少佐。軍歴三十年で孫もいるベテラン。
王文雄《ワンウェンション》　海兵隊少佐。台日親善協会と国民党の対外宣伝部次長。

高慧康《ガオフイカン》　医師。高文迪の父で外科医。

〈国土防衛少年烈士団〉

依田《よだ》健祐《けんすけ》　父親は日本台湾交流協会参与。私立中学校（国民中学）の生徒。

高文迪《ガオウェンディ》　依田健祐の親友。外科医の父を持ち、クラスのリーダー格。

呂宇《ルーイー》　私立中学校（国民中学）の数学教師。

台湾侵攻8　戦争の犬たち

プロローグ

人民解放軍東海艦隊司令官の唐東明《タンドンミン》海軍大将（上将）と艦隊参謀の馬慶林《マチンリン》海軍大佐を乗せたZ-18（直昇18）大型ヘリコプターは、漳州《ジャンジョウ》空軍基地へと向かって、いったん沿岸部から離れて内陸側の飛行コースを取っていた。

向かう先の漳州空軍基地は、台湾攻略のために、ここ数年重点的に整備拡大された基地だったが、今は機能停止状態だった。

日台両軍戦闘機部隊によるミサイル攻撃を受け、沿岸部の軍事基地が手酷い損害を出していた。

復旧活動はすでに始まっていたが、戦闘機部隊を常駐させての運用はほぼ不可能だろうと判断された。少なくとも、沿岸部の制空権を完全に取り戻すまでは……。

ヘリは、あまり高度を取らずに飛んでいた。時々、所々雲が出て、山々の稜線が見えなくなる。決その稜線の下へと降りて、谷筋を飛んでいる。決して安全な飛行ではなかった。だが、敵戦闘機がいつまた襲ってくるかも知れないのだ。

艦隊の飛行隊の中でも、えり抜きのベテラン・パイロットが操縦している。それに、雲があるとはいえ、昼間だ。

馬大佐は、パイロットの技量を信じていたが、コクピット越しに外の景色を見るのは止めた。だが、キャビンに差し込む光で、ヘリが右へ左へと針路を変えながら飛んでいるのはわかった。

　憂鬱なフライトだった。ミサイル攻撃を受け、浅瀬に座礁して黒煙を上げる駆逐艦の様子を確認してしばらく海岸線に沿って飛んだが、攻撃からすでに六時間以上経過しているにもかかわらず、まだあちこちで煙が上がっていた。その全てが軍事基地だった。

　夜明け前の最も暗い時間帯を狙って行われた攻撃は徹底しており、台湾海峡沿いのレーダーサイトは潰滅、空軍飛行場、海軍の飛行場も軒並み攻撃を受けた。

　その攻撃に対して、味方部隊は全くの無力だった。為す術もなく、数十箇所の軍事基地が攻撃を受け、軍艦も数隻が沈んだ。

　敵は連日、攻勢に出ていた。その前の日は、台湾海峡の制空権奪還作戦が敢行され、台湾空軍は大きな犠牲を払いつつも、こちらの早期警戒機や空中給油機を多数葬り去った。こちらも、刺し違えつつ台湾に空挺を送り込めはしたが、どちらが勝ったかは明白だった。

　もちろん、人民向けには、われわれは着々と、台湾奪還へ向けて確実に歩を進めていることになっている。人口分布で言えば、台湾のすでに九割の都市を占領していることになっていた。全くの嘘ではなかったが、事実とはほど遠い状況にあった。

　海軍に出番は無かった。というより、良い所は全く無かった。沿岸部の奥まった場所に引き籠もったままだ。軍内部では、引き籠もりを意味する家里蹲《チャリツン》海軍と揶揄されていた。

　全く気が滅入る状況だった……。

　ヘッドセット付きの航空ヘルメットを被った唐提督は、壁際に設置された横向きの座席に座っていた。馬大佐は、一席空けて座っていた。向かいには、衛星通信機を抱えた通信士官が座っている。

機内で少し打ち合わせが出来ればと思っていたが、とてもそんな雰囲気では無かった。だが、かといって提督が沈んでいるわけでもない。その心中はわからないが、何にせよ、滅多に表情には出さない男だった。

機外で何かが光ったような感じがした。すぐさま、エンジンの振動が変化したのを大佐は感じ取った。

コクピットで怒号が飛び交っていたが、何を喚いているのかはわからない。だが、機体が危険な状況に陥っていることはすぐわかった。機体がぐるぐると水平方向へと回転し始めたせいで、差し込む陽の光もゆっくりと回転し始めた。加速度が身体を締め付け始める。

「不時着に備えて！——」

と機長がキャビンの客へと怒鳴った。

馬大佐は、提督のシートベルトが締まっていることを確認した。どこかに摑まりたいが、そんなものはない。肘掛けがあるわけでもないので、仕方無く、両腰のベルト部分を摑んだ。

更に横への回転が激しくなる。恐らくテールローターを殺られたのだろう。引き金は何だろう、と大佐は思った。ミサイル攻撃なら、今頃吹き飛んでいる。たぶんエンジン部分の問題だろうと思った。この機体は燃料を満載している。不時着したらすぐ火が回るだろう。

ヘリコプターがどんな原理で飛んでいるのかさっぱりわからない。マサチューセッツ工科大で研究生活を送ったこともある馬は、理系人間としてそれを理解しようと勉強したことがあるが、さっぱりわからなかった。人が鳥の真似をするのは傲慢だ……。

マイナスGが加わる。機体は辛うじて飛んでいたが、急速に高度を失っていた。

「衝撃に備えろ！――」

次の瞬間起こったことは、とうてい「不時着」とは言い難い現象だった。一瞬、空間が縮んだような錯覚を覚えた。巨人の手の中で、自分が押し潰されたような感覚だった。

腰のベルトが内臓に食い込んでうめき声が上がる。前方に座っていた兵士の肉体が、宙に浮いたように見えた。自分の航空ヘルメットで、後ろの壁を打ち破るかのような衝撃を受けた。

しばらく呆然としていたが、整備の機付き長が立ち上がり、「大丈夫か！　大丈夫か！　脱出だ！」とみんなに呼びかけている。

馬大佐は、食い込むベルトを外そうとしたが、バックルがなかなか開かなかった。ベルト・カッターを持った機付き長が駆け寄る。変な格好だった。機付き長が真上から覗き込んでいる。機体が横倒しになって、馬大佐は、今、壁ごと地面に横たわっていた。

機付き長がベルト・カッターでベルトを切り裂く。

「提督を先に！――」

「ええ、大丈夫です。ご無事です！」

提督は、四つん這いになって、機体後部へと向かっていたが、ハッチ部分が歪み、開きそうには見えなかった。かと言って、この大型ヘリでは、今は天井になっている右翼側のハッチから脱出するのも難しい。そこまで手を伸ばしても届かない。

乗組員が機体底面に設けられた脱出用のハッチを開けようとしていたが、それも無理そうだった。油の臭いが立ちこめてくる。

コクピットでは、パイロットが脱出しようと足掻いていた。副操縦士が、右足のブーツで、キャノピーに激しく蹴り込んでいた。

「コクピットから出るぞ。急いで下さい！」

とパイロットが怒鳴っていた。

唐提督をまず脱出させてから馬が続く。どこか山間部の畑のようだ。機長は、まだ自分のシートに縛られたままだった。足が挟まっている様子だった。

「機長を出してやれ！」

と馬大佐は命じながら、機体から転がり出た。すでにエンジン部分から火が出ていた。

「提督、離れて！　爆発します」

副操縦士が再び機内へと戻り、機付き長と二人で機長を抱えて引っ張り出そうとしていた。機体はすでに炎に包まれ、一回小さな爆発を起こしていた。だがその爆発の衝撃が、奇跡を起こした。機体に挟まれていた機長の足が抜けたのだ。

全員が脱出した後、二度目の爆発が起こった。今度は、機体全体を包む爆発で、千切れたローター・ブレードが宙を舞うほどだった。

一〇〇メートルほど離れたあぜ道に出て、土手に座り込んだ。乗り込んでいたのは、整備クルーも含めて八名だった。副操縦士が全員の無事を一人一人確認する。機長は、右足を骨折して痛みに耐えていた。明らかに開放骨折で、鮮血が飛行服に滲んでいた。

機付き長が手早く手当を始めていた。

上空を味方の爆撃機が通過した。通り過ぎるかと思ったが、低空で引き返してくると、誰かがパラシュートで飛び降りた。

パラシュートを操縦して、こちらに降りて来る。白い防護服を身に纏った兵士が、彼らから一〇〇メートルほど離れた場所に着地した。パラシュートの操縦に慣れている感じだった。銃は無く、腰の辺りにオレンジ色の救命箱を縛り付けていた。

ゴーグルにマスク姿で、厳重な感染防止策を取っていた。パラシュートのハーネスを解除してキャノピーを素早く畳んで抱きかかえると、こちらへ歩いて来た。

土手に座り込む集団に一〇メートルほどの距離を取り、自分が風下側にいることを確認してから、男はゴーグルとマスクを取って敬礼した。

「全員ご無事ですか？　医療的手当が必要な者は他にいませんか？」

「間に合っています。幸い、救命バッグを持ち出す余裕はあった。それより、どうして貴方がこんな所に？」

と馬大佐が応じた。階級章はどこにもないが、こんな所で遭遇するには、ちとバツの悪い相手だった。

人民解放軍総参謀部作戦部特殊作戦局局長兼特殊戦司令官の任思遠《レンスユアン》海軍少将は、抱えたパラシュートを足下に置くと、「偶然です」と答えた。

「海南島《ハイナンダオ》から北京へ戻る途中に、皆さんのヘリが撃墜される所をたまたま目撃しまして」

「撃墜？　いやあ、エンジン・トラブルではないのか？」

唐提督が、そんなはずはない……、という顔で尋ねた。

「いいえ、先行する輸送機の無線を聞いた限りでは、攻撃だそうです」

「では当たり所が良かったな。ミサイルなんぞ喰らって不時着なんて普通は出来ない」

「ものは、空対空ミサイルではなく、たぶん、歩兵が担ぐ肩撃ち式ミサイルでしょう。つまりMANPADSです。弾頭威力は限られる」

「そんなバカな。ここは海岸線から何十キロも内陸部に入っているんだぞ。こんな所に、敵の兵士が潜入しているというのかね？」

「われわれだって、あんなに警戒厳重な台湾に武装工作兵を潜入させています。こんなに広大な大陸に対して、それが出来ないということはないでしょう。提督を乗せた大型ヘリは、旗艦を発艦した時から、敵に追尾されていた。あとは、経路上に潜んでいる工作兵に、命令を出すだけで済む。不可能なことではない」

「われわれは陸地の制空権も失ったのか……」

「感染を拡大させる恐れがあるので、山狩りの類いは難しいでしょうね。無線機はありますか？　一応、衛星携帯も持って降りました。提督座乗機撃墜の報せはすでに報告ずみのはずですが……」

　提督に同行させた通信士官はすでにシステムを立ち上げていた。

「君は、海南島で例の研究を視察して来たのだろう？」

「はい。その報告を北京へ急ぎ持ち帰る途中でした。皆さんには、より一層の犠牲を払ってもらうことになりそうです」

「上手く行きそうなのかね？」

「理論上の説明は受けましたが、研究者自身は成功すると。自分は聴いたままを報告するしかありません」

「君もまたとんだ貧乏くじを引かされたものだな。科学者でもないのに。上の連中は、はなから〝できます！〟という報告しか期待しとらんだろうが」

　任は軽く生返事するに留めた。

　通信士官が、南から飛んで来るヘリと連絡が付き、そのままそこで待てということになった。

「北京の様子はどうだね？」

「八一大楼《パァイータァロウ》はかなり酷いですね。感染者が出て、ほとんど機能不全に陥っている。自分らはその前に、例の地下軍事司令部に移動していましたが、あちらでも感染者は出ました。一応、封じ込めてはいますが、今は三時間置きに検査を受けています。感染者はバタバタ死んでいくそうです」

「私が聞いたのは、疫病のことではなく……」

任少将は、マスクをすると、五メートルほどに近づいて、唐の問いに答えた。ただし遠回しに答えた。

「空母一隻の犠牲には耐えられるかも知れない。でも、三隻も沈められたら？　それでなお、台湾を制圧できなかったとしたら、われわれは立ち直れない。政権の浮沈に関わることです。海軍が無事な内に、交渉のテーブルに就くべきだという考えもあるようですが、自分はいかなる意見も持ち合わせません。幸い、そういう立場にはおりませんので」

Z‐18（直昇18）ヘリが接近して来ると、旋回しながら高度を落とし始めた。あぜ道を挟んで、山側ぎりぎりの畑の上に着陸する。

何の畑かわからないが、今は端境期なのか、雑草が生えているだけだった。

南海艦隊司令官の東暁寧《トンシャオニン》海軍大将（上将）と、艦隊参謀長の賀一智《ホァイーチィ》海軍少将が降りて来る。二人とも、肩にパイプ椅子を提げていた。続く部下達も、椅子や折り畳みテーブルを持っている。

相変わらず用意周到な奴だと唐提督は思った。

「やあ、唐同志よ！――」

と東大将は呼びかけた。

「どうせ空軍基地では机も椅子ももう灰になった後だろうと思ってな、これを積んで来て良かったよ。だいたい、あんな燃え上がった基地で会議を開けというのは、嫌みな命令だよな。お前達がサボったせいで起きた悲劇の中に身を置いて話し合えとか。こういう所での青空会議も悪くない。だが、この鳩首会談は二〇分が限界だそうだ。それ以上居座ると、敵に察知されてミサイルが飛んで来るだろうと」

畑のど真ん中に、折り畳みテーブルと、パイプ椅子が置かれた。なんとも奇異な光景だった。そのパイプ椅子に、海軍の提督や大佐が座って向き合っているのだ。

「こんな所でか？」と唐提督が渋々と応じた。

「われら家里蹲海軍には地面の上だというだけで十分だろう。ところで、君の所で不遇を託っている艦隊参謀長はどうしたのだね？」

「彼は、陸上に留め置いたせいで、ＭＥＲＳに感染して、今病床にある。助かるかどうかは微妙な所らしい。そっちは大丈夫か？」

「いや、こっちも駄目だなぁ。湛江《ジャンジァン》市と言っても、ああ海南島に近いとな。全国からリゾート客が押し寄せる。そこいら中で感染者が出ている。司令部の留守部隊も大分感染者を出しているよ。ところで任少将、北京から、どこで油を売っているんだ、さっさと戻って来い！　との命令だぞ。なんで降りた？」

「ただの保身ですよ。自分としても、気乗りしているわけではないことをお伝えするためです」

任提督は、そのテーブルの風下の位置から答えた。

「あの注文の多い博士の研究か？　海軍もいろいろ援助して来たがな、大規模実験は二年後だという話だったぞ。成功するとは思えないが……。気象工学もいつかはものになるだろうが、せいぜい半世紀後の夢物語だろう。せめてわが南海艦隊が日本のイージス艦隊と直接相まみえる機会があったなら――」

「おいおい。それを言うなら、南海艦隊の完全包囲下にあった東沙島《ドンシャーダオ》で、台湾軍の完璧な脱出を許した君たちの方がケチの付き始めだろうに」

唐大将が反論した。

「その日本の潜水艦に、その後、何隻もの軍艦を沈められた不運な男に言われたくはないな」

任少将は、二人にはっきりとわかるよう、困惑した顔をした。

「気にするな少将。われわれは士官学校の頃からこういう仲だ。北京に戻ったら、二人の司令官は、若干の意見の相違を認めつつも、腹をくくったようだ、と伝えれば良い」

「それでよろしいのですか?」

と任は唐提督に聞いた。

「戦力の八割はまだ無事だ。それでどうなるとは思えないが、手を打っていないわけではない。戦力を保持しつつ敵に一矢報いる作戦を考えるさ。そうするしかないのだろうからな。ロシアがあんな無様な戦争をしでかした後に、われわれがそれを真似るわけにはいかん」


小型ヘリのローター音が聞こえていた。

「君一人を近隣の無事な飛行場に運ぶために、わざわざヘリを呼んだ。撃墜されずに北京に戻ってくれ。あと、陸軍は、台湾正面の陸地くらいきちんと守れともな。こんな内陸部を飛んでいるのに、森の中からミサイルを撃たれたんでは叶わないぞ。われわれは、二万もの将兵を無傷で上陸させたが、一瞬で全滅した。あの兵力が生きておれば今頃、台北の占領も夢では無かったのに、ひとり海軍の責任にされるのは迷惑だともな」

唐提督が、同意する印に二度頷いた。人民警察のZ - 11ヘリが現れて、だいぶ離れた路上で着陸態勢に入った。

そのヘリ以外は、至って静かだった。場所を考えると、防空任務に当たる戦闘機の爆音くらい聞こえるはずだが、空に味方機はいなかった。

「では、自分はこれで失礼します。移動にはくれぐれもお気をつけ下さい。敵は、そのヘリに誰が乗っているかを把握した上で、攻撃の可否を決定していると考えるべきです」

任少将が敬礼し、その場を去ると、東大将は、ライバルの隣に座る馬大佐を見遣った。

「大佐、私に何か言うことはないかね？」

「提督、率直に申し上げますが、自分は海軍の、部隊全体の奉仕者です。そもそも、リゾート生活が出来るのに、南海艦隊参謀の地位を棒に振るなんて馬鹿げたことはしません。自分はただ、軍学校での教鞭も執っているので、やむなく東海艦隊参謀の地位に収まっただけのことです」

「南海艦隊が人材難だとは初耳だなぁ。なあ、賀少将？」と唐大将が話を振る。

「参謀人事の話になるたびに、釣り逃した魚の大きさの話になりましてな。そりゃ、うちにも米留帰りの参謀の一人くらい欲しいことは事実です」

「さて、人事の噂話でお茶でもしたい所だが、そろそろ本題に入らないか？　すでに一〇分は無駄にしたぞ。それに、敵のコマンドは直ぐ近くに潜んでいる」

唐大将が本題へと舵を切った。

人民解放軍の東沙島電撃上陸占領から、すでに二〇日が経過していた。島嶼を巡る戦いは、尖閣諸島へと飛び火し、解放軍は、寡兵で迎え撃った自衛隊をあと一歩の所まで追い詰めた。だが、自衛隊はこれを持ち堪え、戦争は遂に、解放軍の当初の目的、台湾上陸へと移った。

作戦当初、二万もの陸兵の上陸に成功したが、台湾軍はこれを四方八方から野砲で叩き、一瞬にして潰滅させた。

別働隊が台北と目と鼻の先に上陸し、これは奇襲攻撃となって台湾軍を動揺させたが、これもあと一歩の所で撃退された。次に解放軍は、第2梯団を台湾南部に上陸させ、ホバーバイクとキックボード部隊で台湾軍を翻弄し、徐々に支配エリアを拡大して行った。

台湾各地で一進一退を繰り広げていたが、都市部に於いて九割を支配下に置き、無傷なのは今や首都台北くらいのものだった。

ことここに至り、日本は台湾支援のために、自衛隊の参戦と派遣を決定、陸自水機団部隊が、台湾南部の高雄左営《ガオションズオイン》に上陸し、台湾南部から解放軍の一掃を開始していた。

だが、解放軍は、台湾第二の都市である台中《タイジョン》市の非武装都市宣言化に成功し、台湾半導体製造の拠点である新竹《シンヂュー》市にも足がかりを築いて戦闘中だった。

対する日台両軍は、台湾本土の制空権を完全に奪還し、今や、台湾海峡の航空優勢も確保しつつあったが、それもこれも、中国海軍が、撃沈を恐れて沿岸部に引き籠もっているお陰だった。

今また、沿岸部の解放軍の飛行基地やレーダー・サイトを破壊されたことで、中国軍は不利な状況に陥りつつある。台湾に上陸して戦闘中の部隊を支援するためにも、新たな、そして決定的な作戦が必要だった。

第一章　大隊編成

陸上自衛隊特殊作戦群第一空挺団・第四〇三本部管理中隊、その実、特殊部隊である〝サイレント・コア〟の原田《はらだ》小隊は、台北から南西に離れた桃園《タオユエン》市に展開していた。

そこから南へ下ると、新竹市だ。敵はすでにここ桃園にも潜入し、夜間になると仕掛けてくる。日中の攻撃は、今の所なかったが、それも時間の問題だろうと思われた。

敵の目的は、台湾の空の玄関、桃園空港の制圧だ。だが台湾軍には余力が無く、ここを寡兵の郷土防衛隊だけで守っていた。

そして、新竹を巡る状況は混沌としていた。解放軍はここを制圧できていなかったが、台湾軍も守り切れているとは言い難かった。敵味方があまりにも交錯し、台北でも戦況を把握しかねていた。

原田小隊は、31号線に沿って走る高速鉄道の高架下をばらけて徒歩移動していた。準備が整った部隊から、トラックに乗り込み出発する。

ドローンに目撃されるのを避けるため、全部隊が、線路の高架を挟んで走る高速の中央分離帯部分の橋脚部分に隠れていた。

厄介な状況だった。彼らは、公式にも非公式にも存在しない部隊だ。他の部隊と行動を共にすることも滅多にない。だが今、彼らには、大隊規模の台湾軍が預けられていた。それも、既存の部隊ではない。ほんの一週間前、徴兵されて山中で鉄砲の撃ち方を習ったばかりの素人集団だった。

バディを組むコマンド二人につき、二個小隊五〇名が預けられた。運用は好きにして構わないということだったが。

原田小隊の狙撃手コンビ、リザードこと田口芯《たぐちしん》太《た》二曹と、ヤンバルこと比嘉博実《ひがひろみ》三曹は、部隊の殿《しんがり》だった。

田口は、めいめい適当な場所で楽にするよう台湾兵に命じた。ただし、固まらないように。警戒すべきはドローンだけではない。敵はすでにこの辺りに潜伏しているのだ。

姿勢を低くして、ガードレールから上に首を出すなとも命じた。

司馬《しば》から北京語の特訓を受けたとは言え、こんな形で使うことになるとは思ってもみなかった。

それぞれの小隊は、ベテランの台湾陸軍伍長に率いられている。指揮官はあくまでも自衛隊だったが、直接命令を下す必要はないとの建前になっていた。臨機応変に使えというのが司馬の命令だった。

田口は、地面に片膝を立てて、二人の台湾人、柴子超《チャイツーチャオ》伍長と郭宇《グオイー》伍長と話していた。ベテランとは言え、二人ともまだ若い。三〇歳前後だった。

「シバとカクで良いですよ。日本語読みだと、そうなるんですよね？　以前、東京に旅行した時、日本人に教えてもらいました。自分の方が一年長く軍隊にいるので、シバが先任、カクがナンバー2と覚えて下さい」

「それ良いね。発音が楽で助かる。シバ伍長と、カク伍長ね。それぞれ、アルファー小隊、ブラボー小隊ということにしよう。

「ブルパップの狙撃銃に、GM6リンクス・対物狙撃ライフルの組み合わせなんて初めて見た。珍しいですね」

「そう。遠距離はこのDSR‐1で。近くで壁に隠れた敵は、GM6で壁ごとぶち抜く」

「弾も重くなる」

「われわれは、別にこの装備で長距離偵察に出向くわけじゃないから。食料込みのフル装備で出動することは滅多に無い」

「一応、全員の氏名と、三行で済む経歴を書いたメモを用意しました」

「苗字がだいぶ重なっているよね。済まないが名前を覚えている暇はない。ニックネームを決めるよう言われなかった?」

「はい。昨夜、そういう話が出ました。一晩考えるよう命じたので、あとで聞き取って書き入れます」

「兵士の練度は?」

「マガジン交換は出来るし、ジャミングの処理方法も覚えさせました。ただ、銃の分解掃除までは出来ません。簡単なハンドシグナル他、階級章も覚えていないし、軍靴の磨き方も知らない。ダットサイトの使い方も……。けれど、そうですね、普通の新兵教育一ヶ月分くらいはマスターしています」

「贅沢は言えないな」

「補充も待機していますから、弾避け代わりでも役に立ちます。皆度胸だけはあります」

「しかし、呆れるほど装備がバラバラだ。こうまでバラバラだと、この中に解放軍兵士が一人くらい紛れ込んでも誰も気付かないぞ?」

「ええ。全くです! それ、今朝方われわれ現役組でも冗談として口にした奴がいましたよ。ただし、銃の口径だけは統一させました。一部、マークスマンにM‐16を持たせてありますが」

「マガジンは足りると思う？」

「大丈夫でしょう。どう考えても、六本撃ち尽くす前に、みんな死にます。足りなければ、倒れた奴のをもらい受けるだけです。全員にそう命じてあります。昨日知り合ったばかりの仲間のドグタグを回収する必要はない。マガジンや手榴弾だけ回収しろと」

「ドグタグなんて作る暇があったの？」

「まっさらな無地のプレートに、釘を使って自分のイニシャルを彫らせました。兵士には、あまり親しくなるなと命じてあります。別れは直ぐ来る。悲しんでいる暇はないからと。ただし、ロシア兵と違って、疎遠な遺族でも、それなりの弔慰金は出るだろうと」

サイレンを鳴らして救急車が走り去った。新竹方向からだが、さっきからひっきりなしに救急車が走ってくる。

「あっちの状況は聞いている？」

「いえ。噂話程度にも流れて来ないですね。情報が無いというのは、だいたいそこがよからぬ事態に陥っているという証拠です」

「同感だ。ＣＱＢの訓練はした？」

「真似事だけですね。そもそも、自分らがそれほど近接戦闘の訓練はしてませんから。そういうのはどちらかと言えば海兵隊の仕事でして。でもドローンの訓練はしました。息抜きも兼ねて。一番上手い奴らをドローン操縦パイロットに命じて、そいつらは銃も撃たなくて良いことにしています。出来ることは全部やったつもりです。通信兵も即席ですが、この部隊にいないのは、狙撃兵くらいです」

前方でトラックが何台か止まった。別に軍用トラックではない。コンテナ車だったり、ダンプカーだったり。とにかく、大人数を載せられる、しかしバスではない車両だった。前の小隊が乗り込んで行く。

陸自水機団北京語講師兼格闘技教官の司馬光《ひかる》一佐が現れると、その場で休んでいた兵士らが一斉に立ち上がり、直立不動の姿勢を取った。

「問題はないわね？」

と司馬は小声で田口に聞いた。

「この状況では、贅沢は言えません」

「私は、〝ベス〟から指揮を執る。まあ、リザード本来の出番が無いことを祈るわ。この手の敵は、数で押すしかない。投入した郷土防衛隊は、誰も戻って来ないという話だから」

「そんなに酷いんですか？」

「行ってみないことにはわからないけどね」

彼らを運ぶ車両が現れたが、観光バスだった。バスは目立つし、いざ攻撃を受けても出入口は一箇所しかない。戦場で使うべき代物では無かったが、今はえり好みは出来ない。

田口と比嘉だけは、ワゴンに乗ることが出来た。

司馬は、最後尾を走って来た自己防御型指揮通信車両〝ベス〟に乗り込むと、ハイキューブ型40フィート・コンテナ車中央の指揮コンソールの背後に立った。

すでに、原田拓海《たくみ》一尉が指揮を執っていた。

原田は、スキャン・イーグルが送って遣す映像の端をモニター上で眺めていた。

「何か不安なことでも？」

「ええ。空港に日本人を何人も残して来ました。それに例の民間軍事会社の兵士たち、また仕掛けてくるはずです。解放軍が、空港奪取を諦めたとは思えません」

「放っておけば良いのよ。日本人が大好きな自己責任って奴でしょうに」

「男性はともかく、女性二人と子供一人です。何かあれば、どうしてそんな危険な所に日本人がいたんだ？　と国会で叩かれますよ」

「叩かれるのは政治家であって、私が国会に呼ばれるわけじゃない。どうして制服組は国会に呼ばれないんでしょうね。あそこで制服組が野党から罵詈雑言を浴びれば、少しはうちの組織も変わるんじゃないかしら」

「あんな所で吊し上げられて、この高価な指揮通信車両の値段を説明できますか？」

「そんな必要はないでしょう。あんな猿並の脳みそな連中、ここに座らせてほんの一〇分も戦争ごっこの真似事をさせてやればイチコロよ。さて、では騎兵隊を引き連れて乗り込むわよ！　馬の乗り方も知らない騎兵隊だけど……」

　司馬は、壁から伸びるスリングを腰のベルトに引っかけた。それがシートベルト代わりだった。そして、自分用のヘッドセットを首に掛けた。


　桃園エリアの郷土防衛隊を指揮する李冠生《リーグワンション》予備役陸軍少将は、桃園国際空港第1ターミナルの指揮所横の衝立で目隠しした場所で、段ボールを二重に敷いたベッドというか床で仮眠を取っていた。

　幸い、銃撃音は聞こえない。聞こえてくるのは、土嚢用の土くれを運んで来るダンプカー、地面を掘り返す重機の音くらいのものだ。時々、ターミナルの反対側にあるコンビニからスープの香りが漂ってくる。皆空腹なせいか、臭いに敏感になっていた。

　外で騒ぎ声がして起こされた。誰か、女性兵士が両肩を支えられて運ばれてくる。

　酷い格好だった。ヘルメットには、明らかに弾が抉《えぐ》った跡が走り、戦闘服の両腕の辺りは血に染まっている。その両手の血糊は乾いていた。そし

て膝下は何カ所も裂けている。挙げ句に泥だらけだった。まるで泥でカムフラージュしたような感じだった。

李将軍の前に現れると、女性兵士は、支えていた手を解いて敬礼した。息も絶え絶えという感じだった。顔に塗りたくった迷彩ドーランは、ほとんど落ちている。その頰を幾筋も涙が伝った跡があった。

「自分は、第6軍団司令部付き通信士官の蔡《ツァイ》怡叡《イーレイ》中尉であります！　援軍の要請に参りました！」

「ご苦労。しかしまずは軍医に診てもらった方が良いのではないか？」

「はい、後で結構です！」

中尉はちらと、テーブルの上に無造作に置かれている栄養ゼリーに視線をくれた。

「座っても話は聞けるぞ。ここに掛けて、そのゼリーを飲め。命令だ」

「すみません。失礼します」

中尉は、パイプ椅子に腰を掛けると、差し出されたゼリーを手に取ったが、キャップを開けることが出来なかった。その体力がもう無かったのだ。部下がキャップを外して手渡してやる。

「援軍をお願いします！」

「向こうはどうなっている？」

「軍団長が負傷したことまでは自分も把握しています。しかし、街の中に置いた指揮所は壊滅的な打撃を受けて、事実上、部隊の指揮機能が失われました。指揮下の連隊もです。全員、中隊レベルの指揮で戦っている状況です。なんとか、その横の連絡を確保しようと頑張ったのですが……。敵は、街を制圧とか占領するとかにはあまり関心はない様子で、ただこちらの戦力を削ることにだけ力を集中している感じです」

「奇っ怪な話だな。戦力ではこちらが圧倒しているだろう？　うちみたいな老兵の寄せ集めではない。現役の陸軍部隊だろう。戦車までいたはずだ」

「全くの役立たずでした！　次々と対戦車兵器に殺られて。ミサイルでもない、ただのロケット弾に。彼らは、MANETを張り巡らせ、マイクロ・ドローンや地上徘徊型のドローンを用いて戦闘前哨（COP）を形成し、われわれを誘い出しては仕掛けて来ました」

「ああ、ロシアが受刑者や少数民族を夜中に前進させて全員戦死も厭わずウ軍の位置を探った手だな。それをドローンでやったと」

「こちらは、動かなくとも、敵にはまる見えですから。一晩で守備隊は瓦解しました。とにかく、持っているドローンや通信システムの数が桁違いです。捕虜に取った兵士の話では、予定していた戦力の八、九割が降下に成功し、武器弾薬の補給や兵士の補充もあったそうです」

「あり得ないだろう。まあ武器くらいは、事前にどこかの倉庫に隠して置くくらいのことは出来ただろうが、兵士の補充なんて出来るはずもない。彼らは空挺で、今はもう台湾海峡の制空権もこちらが握っている。恐らく、近郊の戦闘エリアから引き揚げた兵士で戦っているのだろう。南部に上陸した部隊が増援に駆けつけたとも思えないからな」

李将軍は、参謀役の楊世忠《ヤンシージョン》少佐を見遣った。こちらももう孫がいる世代だ。

「不思議ですね。他所で戦っていた兵士が逃げ込んできたことを、普通は増援とは言わない。第一波は、いきなり新竹に上陸を目指して2万の将兵が砲弾で引き裂かれた。その時、生き残った兵士たちがどこかに隠れて呼応したとか、その時に上陸させた武器弾薬で補給しているのかもしれません」

「それもどうだか。殲滅後、きっちり掃討して、それなりの捕虜を取ったし、武器弾薬も当然回収しただろう。全く無いとは言わないが……」

「自分はすぐ戻らねばなりません！　できれば援軍とともに戻りたいですが……」

「徴兵の寄せ集めだが、すでに一個大隊が向かっている。君と行き違いになったようだ。それで足りなければ――」

「足りません！　マガジンの交換だけを覚えさせた素人など、何個師団投入しようが。ドローンを潰すための大量のショットガンとまともに戦える兵士を送って下さい」

「そうは言ってもな、ここを守っているのも郷土防衛隊だ。軍隊時代の勘は取り戻しつつあるが、もともとこの地域を守るために地域単位で召集した。新竹が大事なことは認めるが……。状況は漏れなく直ちに国防部へ伝えて援軍を要請する。君はとにかく、医師の診断と治療を得て休め！　命令だ。責任を持って元いた部隊に送り届ける。そのヘルメットも交換してもらえ」

中尉は、よろよろと起き上がろうとしたが、倒れそうになってまた椅子に座り込んだ。

両脇を抱えられて第2ターミナルの野戦病院へと向かった。

「ここから更に増援を出せると思うか？」と楊少佐に問うた。

「さすがに無理でしょう。それをやるとしたら、少年兵やボランティアのおばちゃんたちに銃を持たせてタコツボに入らせるしかない。これ以上、ここを手薄には出来ません。いくら制空権を奪い返したと言っても、次の空挺作戦がないとは断言できませんから。そもそも、増援の必要があれば、台北から正規軍が来るべきことです。地球の裏側にいるというのならともかく、数時間もあれば部隊は新竹に移動できる」

通信文を直ちに国防部へと送ったが、返事は素っ気なかった。

「――敵の目的は台北へと通じる三峡《サンシア》の制圧にあり。海峡の制空権を奪還した今、空港守備に割くべき兵力は最小限で構わない。貴官は、出せる兵力を直ちに増援に出すべし！――」という代物だった。

「やぶ蛇になったか……。国防部のことだ。一時間もしたら、何個中隊向かわせた？　と聞いてくるぞ。少年烈士団に鉄砲の撃ち方を教えるか？」

「本気ですか？」

「新竹とこの空港、どちらが大事だと思う？」

「滑走路が欲しければ、新竹にだって空軍基地はあるじゃないですか。奪った後に復旧すれば、好きなだけ空から兵隊も物資も送り込めるのに」

「三峡も、ここも全て陽動かもしれないが、台湾の玄関である桃園空港を制圧してコントロール下に置いたというのは宣伝効果として大きいだろう」

「街中のパトロール部隊から少し抜きますか？」

「昼間はともかく、夜は拙いだろう。だが、そうだな……、新竹の状況が改善するまでの数時間ここに集めて、向かわせた部隊が戻れる目処を確認し、暗くなってからまた街へ戻らせるという手もあるか……。昼間の治安はだいぶ改善した。その民間軍事会社は不安の種だが、少し考えてみよう。われわれは、桃園の街とこの空港を守るために布陣したのに、すでに兵力の七割は新竹防衛へ提供した。話にならん……」

「ではそういう形で」

「ご婦人方と少年らに、鉄砲の訓練もさせてくれ。万が一ということはある」

「了解です。子供たちは喜ぶでしょうが……」

「それも狙いだ。息抜きになる。ところで、大陸沿岸部でまだ上陸部隊の編成と収容が続いているという情報をどう思う？」

「あれは、いわゆる一般情報の一つです。前線部隊が気を抜かないように、適当な情報をくっつけてくる。優先情報の扱いは受けていません。海峡を半分も渡れたら立派なものですよ。台日両空軍部隊から七面鳥撃ちに遭うだけです。あるいは、今更ではありますが、金門馬祖《ジンメンマアツウ》の攻略でもするんじゃないですか？　さすがに、これだけの犠牲を払って何も得られなかったでは済まない。金門馬祖島でも攻略して手中に出来れば、次の戦争に備えて一歩前進は出来たと言い訳にできるでしょう」

「それはないだろう。国内では、台北まであと半日！　とか盛んに煽っているんだぞ。五毛党は、それら過激な情報を消しもしない。台北まですぐそこだと人民は数日煽られたのに、辿り着いたのは金門島でした、では暴動が起こる。解放軍は露軍並の間抜けな軍隊だったのかとな」

第1ターミナルの出発ロビー反対側では、コンビニが一軒営業していた。幸いビルの自家発電装置が動いているせいで、ここではふんだんに電気が使える。コピー機は、時々指揮所から兵士が走って来ては、必要な地図や何やらをコピーしていく。そこでプリントされた最新のニュースは、ターミナルを出て空港のあちこちに壁新聞として貼り出されていた。

そして、第1ターミナルの近くでは、速度は遅いもののコンビニの衛星電話が提供するネットも使える。メール程度のやりとりは出来た。

そこでは、日本から派遣された日本人スタッフが四名働いていた。命懸けでここまで辿り着いた四人だった。与那国《よなぐに》から乗って来た海巡署の巡視船は、入港時に遭遇した弾道弾攻撃で、危うく海の藻屑となる所だった。その巡視船は、後日、戦闘に参加し、船長が戦死していた。台湾の東側から台北へと向かったトンネルでは、弾道弾攻撃を受けて車両が炎上し、トンネルはたちまち煙で満たされて危うく窒息しかけた。

　昨夜は、街中のコンビニが敵の奇襲を受けて、危うい所だった。店内で手榴弾が爆発した所もある。彼ら彼女ら自身、手榴弾を投げて応戦する羽目になった。

　そして今や、街を出てこの空港までやって来た。ここが、台湾のロジ復活の要として機能しているコンビニの最前線だった。

　台湾で一番、戦場に近いコンビニだ。営業しているコンビニというより、戦場のど真ん中に置かれた唯一のコンビニだった。

　ここでは、レジも生きている。北京語を勉強している女子大生・小町南《こまちみなみ》は、届けられた段ボールを開封して中身を確認しながら、チェックリストを消化していた。

　荷物は次から次へと届くが、この空港を守るために、ボランティアや少年兵たちだけで千人近い民間人が働いている。彼らのロジが一手にこのコンビニに掛かっていた。そして兵士を含めて買い物にも来る。原則的に現金決済だったが、いくつかの電子決済アプリも使えた。

　台北本部へのリクエスト項目のメモも認《したた》める。コピー機の用紙とトナーカートリッジも必要だった。仲間、と言っても小町よりだいぶ年上の知念《ちねん》ひとみが、そのリストを見てから、「これ、消せるボールペンで書いたのよね？」と小町に尋ねた。

「ええ。修正は必要ですから」

　知念は、ボードごとそれを小町に返して、「私の言う数字を何カ所か書き加えて頂戴。そうね、一五から二〇％増しくらいにしましょう」と告げた。

「良いんですか？　そんなこととして」

「これはＰＯＳシステムじゃないから、誰かが勝手に持ち去ったことにすれば良いのよ。ロジが今後とも順調だとはわからない。うちの別れた旦那はね、パイロットでも整備でもなく兵站部門の兵隊だった。アフガンにも何度も行かされた。ああいう所では、次の補給はいつになるかわからない。だから、先々のことを睨んでオーダーを出す。ロジ部隊では、その目利きが出来るかどうかが、出来る兵隊か否かだと」

「千人分の給食をうちで処理するって無茶ですよね？」

「そうかしら？　水物を含めて一食分五〇〇グラムだと計算すると、千人分ということは、ほんの五トンよ？　配送車二台で間に合う。ほかにペットボトルとか考えるから、荷物が嵩むように思えるのよ。店先に積んでおけば、それぞれのグループで勝手に取りに来てくれるんだし。貴方、子供たちへのスープの提供とか、余計な仕事を抱え込むから、間に合わないように感じるのよ。力というか、手を抜きなさい。そもそも、私たちの目的は、ここを回すことであって、住民に飲み食いさせることじゃない。それは行政が責任を持つべきことよ。肩の力を抜いて、自分に出来ること以上のものを求めないことよ。そして、仲間を頼りなさい」

「すみません。そうですよね。皆さん、私なんかより遥かに長い期間働いているんだし……」

「上の階に行って、もう少し寝たら？　私たち、日本のブラックアウトから働きづめよね。いくらお金のためとは言え。そうだ、ここに日本人四人が詰めっぱなしで働く必要はないんだから、シフト制を導入しましょうよ？　長丁場に備えないと。北京語遣いの南ちゃんと、英語使いの私が一緒に休むわけにはいかないけれど、何とかなるでしょう。とにかく、荷物は多めに請求して、届いた分は、消費したことにしとくことよ」

「そうですよね……。ああじゃあ私、ちょっと休憩して良いですか？　差し入れしてきます」

「南ちゃん、それ日本人同士のえこひいきに見えるから……。それやるなら、せめて少年のグループ全部に持っていかないと。悠輔《ゆうすけ》君！　お菓子が入った段ボールをリヤカーに積んでくれない？　それ持って、南ちゃんと一回りして来てよ」

　知念は、小町とコンビを組む霜山《しもやま》悠輔にそれを命じた。昨夜はフットボールで鍛えた彼の手榴弾投擲で小町は救われたのだった。

「わかりました。少年らの作業場所を漏れなく回れば良いんですね？」

「そういうこと」

　ピカピカの折り畳みリヤカーも、日本から持参したものだった。ものを運ぶにも、物置にも、いざとなれば負傷者も運べるし、椅子代わりにもなる優れものだった。郷土防衛隊が、何人も、それを譲ってくれないか？　と言って来たほどだった。

小町は、その度に険しい顔で断っていた。

小町は、台北から届いた最新のニュースをプリントしてコピーした。たいしたニュースはない。台日両軍の活躍で、二林《アーリン》という街が解放され、これで濁水渓《ジュオシュイーシー》を占領していた敵部隊が完全に掃討された。我が方の損害軽微なり――。

　小町は、その二林という街がどこにあるのか全く知らなかったが、濁水渓が、台湾で一番大きな河だということは知っていた。台湾人のコンビニ・スタッフは、概ねほっとした感じだった。これで、少なくとも台湾南部は全て解放されたということらしかった。

軍の広報として、「われわれはこれから速やかに台中市の解放作戦に取りかかる」とあった。台湾第二の都市、台中市長の裏切りは、ここでも話題になっていた。戦争が終わったら、市長は縛り首の公開処刑だ！　と皆が怒っていた。

リヤカーを引いた小町と霜山は、ターミナルの外で土嚢作りに励む少年烈士団を、遠い順から回った。昨夜は、遅い時間帯まで戦闘に巻き込まれたせいで、今日はまだ作業を始めたばかりだった。

ネットが繋がるようになったせいか、昨夜より皆元気だという話だった。ただ、逆にそのせいで、少年烈士団の中でも、チームに格差が生じて、ネットが繋がる場所で作業している学校は、勝ち組と呼ばれていた。

小町らは、ニュースのコピーと、甘いお菓子が詰まった段ボール箱を各作業所で配りながら移動した。作業所と言っても、ダンプカーが運んで来る土砂をひたすら袋詰めするだけだ。椅子やテーブルがあるわけではない。これで雨でも降ったらどうするのだろうと思った。そうだ……。人数分の雨合羽をリクエストしなければならない。ポケットサイズのレインポーチの類いは、普段から商品として扱っている。たぶん、日本からそれなりの数が届いているはずだった。

三〇分掛かりで回り、生徒や引率の教師らから商品のリクエストを聞き、最後に、第1ターミナルの真正面で土嚢作りに励んでいる私立学校のチームに辿り着いた。そこには、日本人少年が一人いた。彼がここに留まり続ける限りは、小町も、ここから動かないつもりでいた。

「どう調子は？」

と小町は、その少年・依《よ》田《だ》健祐《けんすけ》に呼びかけた。

「ああ、軍手の調子は良いですよ。ちょっと、中学生の手には大きいけれど」

　と健祐少年は、少しぶかぶか感のある軍手で両手を広げて見せた。

「わかりました。子供用の軍手を手配します。でも、ここにはないから日本本土から運ぶことになるわね。その頃には戦争は終わっているでしょう。お父様が無事だと良いわね。自衛隊が向かったそうだけど」

「でも、親父を探すために行ったわけじゃなさそうだから……」

　健祐の父親は、半導体業界に身を置いている。そのせいで、避難せずに台湾に留まっていた。挙げ句に、新竹市で身動きが取れない状態だった。

「くれぐれも怪我には気をつけて。あと、夕方までには、台北から、全員分の着替えが届くそうです。下着から靴下、作業服まで」

「腰が痛い。風呂に入りたいや……」

「そうね。シャワーくらい何とかならないか、軍に相談してみます。それと、怪我にはくれぐれも気をつけて下さいね。ここでは満足な治療は受けられないから」

　スコップが届いていたが、見るからに危なっかしい使い方だった。しかし、今朝は空襲警報のサイレンも鳴らない。どうかすると、このまま戦争は終結するのでは、という錯覚を抱きがちになる。だがもちろん、そんなことはないのだ。ただ、激しい戦いの間にも、休息はあるというだけの話だった。

　台北本部からも、常に気を緩めずに緊張感を持って行動してくれという要望が届いていた。

第二章　自爆ドローン

上海国際警備公司《S・I・S》、中国最大の民間軍事会社として知られる傭兵部隊を率いて桃園に降下した王《ワン》凱《カイ》陸軍中佐は、家主が逃げ出した廃車置き場の整備建て屋で指揮を取っていた。良い場所だった。隣に家屋は無いが、近隣の建物で適当に目隠しされ、守り易い立地の場所にあり、すぐ裏手は農業用の用水路が走り、いざという時の退路も確保できる。

王中佐は、テーブルに広げたプリントアウトした桃園市街地の衛星写真に視線を落とした。目印とする場所に、ピーナッツの欠片が置いてあった。

それらは、地元の郷土防衛隊が設けた歩哨所だった。

「敵は、昨夜の攻撃を辛くもしのぎ、安心しきっている。郷土防衛隊の半分は、朝遅くに寝て、ようやく今頃起きだした所だ。次の攻撃はあるかも知れないが、それはまた暗くなってからだろうと思っていることだろう。その隙を突いて、昼間も決して安全では無いことを誇示する。襲撃ポイントからこのアジトに戻って来るまで、それなりの距離があり、歩哨所もあるが、歩哨所の襲撃は必須ではない。目的はあくまでもロジの破壊だ。だがまあ、われわれの移動の安全を確保するためにも、最低三箇所の歩哨所を襲撃することになる。

敵は、新竹への増援も求められ、かなりきつい状況になるだろうな」

「食い物くらい積んでいたら、持ち帰りはありですな？」

副隊長の火駿《フォジン》少佐が提案した。

「敵の応戦状況次第だろう。彼らは、不満分子の襲撃は想定していても、われわれの襲撃は想定していない。それに、台北を出たロジ部隊は、一番危険な三峡を抜けて、目指す空港はもう目と鼻の先だ。気も緩んでいるはずだ。そこが狙い目だ。もし安全が確保でき、時間的な余裕もあると判断したなら、荷物を覗く程度のことは良いだろう。だが欲は出すな。食い物が欲しければ、銃を置いて、近くのコンビニに貰いに行けば済む話だ。あるいは白《バイ》伍長に買いだしを頼めば良い」

笑いが漏れた。部隊にいる唯一の女性兵士、白心悠《シンヨウ》伍長に視線が集まった。女性は三人で出撃したが、無事降下できたのは、白伍長一人だけだった。

「では掛かろう！　本番前の肩慣らしだ。時刻整合、合っていることを確認しろ」

と中佐は壁に掛かっている時計を指さした。全員が、台湾国旗のカラーである赤と青い紐を肩に巻いていた。

ワゴン三台に分乗して出発する。五〇〇メートルも走ると、最初の検問だった。中を覗き込まれる心配はない。そもそも隠れてもいない。車内では堂々と、西側の銃であるＨｋ‐416を床から立てている。

見る者がみれば、郷土防衛隊ごときが、そんな銃を持っているのは変だと気付くだろうが、彼らは、Ｍ‐４とＨｋの区別は付かないだろう。

助手席に乗った王中佐は、窓から顔を出し、土嚢の外で車を止めて誰何《すいか》している男に向かって

「台北からの増援だ！　空港へ向かっている」と告げた。

「ちょっと台南訛りがあるかも知れないが、俺らは台北から来た。一晩留まって、何も無ければ明日また引き揚げることになっている」

「まだくるのか？」

とその四十代半ばの男は聞いた。銃は持たず、土嚢の壁に立てかけてあった。

「さあ。来るとは思うが、俺は聞いてないな」

走り出して、その検問所が死角に入ると、後続の二台は脇道へと逸れた。

空港へと向かう4号線に出ると、ワゴンは少しずつ速度を落とし、半分歩道に乗り上げる形で止まった。

後続車を何台かやり過ごし、パトカーが見えてくると、男三人がワゴンの後ろから車を押し始めた。片側二車線ある道路の追い越し車線側にややはみ出す格好になった。一人が、後ろを振り返って、パトカーに、ちょっと待ってくれ……、と合図した。

パトカーが徐行し、後ろに続いていた配送用のコンテナ車もブレーキを踏むのがわかった。

真上は鉄道の高架。逃げ場は無かった。パトカーが完全に止まってしまうと、王中佐は、89式八〇ミリ・対戦車ロケットランチャー（ＰＦ‐89）を抱えて助手席を降りた。

たいして威力はないが、軽くて使い勝手が良い兵器だ。

降りてきた中佐を目隠しししていた部下が退いた瞬間、パトカーを狙って引き金を引いた。誤射を避けるために、ロケット弾は、車体より下を狙って撃った。パトカーの真下で爆発し、パトカーの前部が跳ね上がって、そのまま後方へ一回転した。

兵士らは、車内からＨｋ‐416を取り出し、そのパトカーへ向けて発砲し始めた。後ろに続いていた二台の配送車から、ドライバーが飛び降りて逃げ出す。

問題は、その後ろだ。郷土防衛隊の俄《にわか》兵士を荷台に乗せた二トン・トラックが従っていた。

だが、そのトラックが止まり、兵士達が飛び降りようとした瞬間、ほぼ真横の二階建て事務所の上の階から銃撃が始まった。その荷台に八名乗っていたが、四人が即死。残る四人とドライバーも何らかの怪我を負った。

配送車の荷台を開け、エナジーバーが入った箱を二つ失敬すると、車内に灯油を撒いて火を点けた。

撤収まで六〇秒の、鮮やかな作戦だった。

桃園空港で、李《リー》将軍がその報せを受けたのは一〇分後だった。その五分後には、ドローンが現場上空から生の映像を送ってきた。

モニターの中で、車両が何台も燃えていた。パトカーはすでに原型を留めないほど真っ黒焦げだ。配送車二台は、後部のハッチから派手に炎が出ている。そして、その後ろの護衛用のトラックの周辺には、まだ死体が転がり、生存者を移動させた跡の血溜まりが残っている。

「われわれは、まっ昼間の幹線道路の安全すら確保できないのか……」

「検問所からの情報では、襲撃した者たちは、恐らくM-4の系列の銃を携行しており、肩にもリボンを巻いていたので、特に不審には感じなかったとか。喋った男は、台南訛りが少しあったそうですが……」

揚《ヤン》少佐がメモを読み上げた。

「少年兵をあの手の護衛任務で使うのはダメだと思うか？」

「今回、たまたま郷土防衛隊が襲撃されましたが、高校生はすでに、検問所や、護衛任務に就いています。さすがに中学生はどうかと……」

「住民を二〇メートル置きに立たせて不審者の監視に当たらせるとか」

「多くの住民が街を脱出して避難済みです。爺さん婆さんをかき集めても、とてもその人数は集められません」

「何が出来ると思う?」

「敵は所詮、限られた人数の攪乱部隊です。しかもカミカゼ攻撃を繰り広げるわけではない。五月雨式に補給車を走らせることに問題があったと見るべきでしょうね。せめて二〇台、三〇台でコンボイを組み、軍の補給物資と一緒に軍の護衛で運ぶとか……」

「それが非効率で、挙げ句に軍の補給物資とやらはここ桃園をスルーして南へ向かうから郷土防衛隊が護衛を担っているわけだよね」

「では、自衛隊に要請しますか? 自衛隊版海兵隊である水機団は南から攻め上りますが、通常の歩兵部隊を台北に入れるという案があるそうです。共に台北防衛に当たり、日本がフルで台湾を防衛する姿勢を内外にアピールするためにと」

「その部隊が一時間後、4号線沿いに展開してくれるなら大歓迎だがな……。やはり、少年兵を訓練するしかない。鉄砲の撃ち方だけでなく、銃を持っての行動を一から叩き込もう! 手榴弾の投げ方も。ご婦人方の部隊も編成する。いざという時のためにな」

「わかりました。さすがにこの状況では仕方ありません。ちと思ったのですが、台北で、婦人部隊が編成されているのをご存じですか? アマゾネス部隊とか、酷いネーミングで呼ばれていますが……」

「それは、女子大生とか募っての部隊だろう？」

「はい。どこまで本当の話か、一応は、志願制部隊だそうです」

「ウクライナでも、若い女性が軍隊に志願したという話は出たが、女性だけの部隊編成って聞いたことがあるか？」

「うちはたぶん、衛生兵とか、そういうことに専念させる予定で編成したのだと思いますが、銃を撃てるなら、少年兵よりはましです」

「せいぜい、負傷兵に包帯を巻き、炊き出しを手伝う程度で志願してきた若い女性を、ほんの二〇〇人ばかりこっちに送ってくれないか、と台北に要求するのか？　最初の二〇〇人が全滅した後、残った女性はみんな脱走するぞ。一応、国防部には、増援の性別は問わず！　と伝えてくれ。こっちはそういう切羽詰まった状況なんだと伝わるだろう」


三〇分後、少年烈士団の子供たちに対する軍事教練が始まった。銃を構えての前進方法。部隊行動時、空《から》になったマガジンを交換する時のバディとの段取り。撃たれた時の救急救命訓練。

同時に、空港内でボランティア活動をしていた地元の婦人からも志願兵を募ることになった。ただしこちらは、反応が鈍かった。


誰が最初にその名前を呼び始めたのか、少なくとも台湾人の命名ではないことは確かだった。原田一尉が率いることになった一個大隊は、新竹の外れに到着する頃には、「独立愚連隊」と呼ばれていた。

車両部隊は、31号線を下り、山側の陸軍演習場にいったん入ってから止まり、兵を下車させた。

全員、それなりのサイズの背嚢を背負って歩いている。車両から降りた所で、今どこにいるのか、もしはぐれた場合は、どこを目指すべきかの指示を受けた。

南の方角から時々銃撃音が聞こえてくる。激しいというほどではなかったが、散発的というほどでもない。止まない銃撃音だった。

一番最後に、軽装甲機動車に前後を挟まれた、自己防御型指揮通信車両〝ベス〟がのろのろと走ってくる。

その背後から、猛スピードで走ってくる二人乗りのバイクがいた。

先乗り部隊が演習場を駆け回ったが、もぬけの殻だった。警備犬の一頭、留守部隊もいなかった。

「仕方無いわ。前進しながら、負傷兵でも住民でも、話を聞きながら前線へと向かいましょう」

司馬は、「新竹は遠そうね……」とぼやいた。

「ここは新竹ではないのですか？」

と原田一尉が怪訝そうに尋ねた。

「この辺りは新竹県よね。ちなみに、ここから西は竹北市《チューペイ》。日本の有名企業の工場も一杯あるし、竹北なのに、新竹を名乗っているメーカーもいっぱいあるわよ。新竹県には間違いないから」

「紛らわしいですね。行政区の名前にやたらと〝竹〟が出てくる」

「そうねぇ。台湾竹は縁起物だし、昔から生活にも欠かせない。あのバイクは何なのよ……」

車両の三六〇度方向を監視しているカメラに、さっきから追い掛けてくるバイクが映っていた。ハンドルを握っているのも兵士らしい。右腕に例のリボンを巻いていた。

軽装甲機動車の助手席に乗っているのは、司馬のお目付役である海兵隊少佐の王文雄《ワンウェンション》だった。窓越しに少佐が会話し、ヘッドライトをパッシングさせた。

司馬は、〝ベス〟を停車させ、バイクのライダーにしがみついていた客人と、王少佐を拾い上げた。

「フミオ、敵はどこにいるのかしらね。誰に何を聞けば良いのかすらわからない。混乱しているなんてものじゃないわよ?」

と司馬は日本語でぼやいた。

「彼女が、役に立ってくれるはずです」

蔡怡叡《ツァイイーレイ》中尉は、よろけそうになりながら敬礼し、自己紹介した。

「では、第6軍団の司令部なり指揮所なり、配下の部隊でもどこでもいいから指揮所に案内して下さいな」

「まず第6軍団の司令部は、ほぼ潰滅状態で、たぶん指揮所を設けた場所自体、すでに敵の制圧下にあるものと思われます。われわれは中隊規模で抵抗を継続しており……」

また中尉がよろけた。

「原田さん。彼女のバイタルを確認してよ。貴方、付いているわよ。ここには衛生兵もいれば、栄養剤の点滴だって出来るし、寝心地の良いベッドもあるわ。その格好で寝て欲しくはないけれど」

「その必要はありません! ドリンクの一本も頂ければ」

原田が、血圧計を出して、中尉をまずシートに座らせた。

「で、貴方はどこで戦っていたの?」

待田《まちだ》が、栄養ゼリーをキャップを外してから差し出した。

「すみません。頂戴します。どこかに地図とか、衛星写真とか出ませんか? ドローンの映像では無く」

待田が最新の衛星写真を23インチ・モニターの一つに映し出した。

「この車両、まるで宇宙船の発射基地みたいですね……」

原田が、血圧を測って「酷い低血圧だ。よくこれで意識が持っている。でも、小さな怪我だけで、大出血はしていないようだが……」

「単なる水分不足です。もともと私、低血圧なので。皆さん北京語を喋るんですか？　ええと、この演習場のすぐ南を走る川が鳳山渓《ファンシャンシー》ですね。そこから中州状の土地を挟んで、新竹市の北側を流れる頭前渓《トウチエンシー》です。つまり、新竹の中心部に達するには、川を二本渡る必要がある。新竹市の西端の海峡側には新竹空軍基地。もともと日本軍が作った飛行場です。もちろん今は孔だらけ。ただし、敵の占領下にあり、砲兵隊が時々、遠くから砲弾を叩き込んで復旧を阻止しています。われわれは、市の内外を万遍なく守っているつもりでいたのですが、敵はＭＡＮＥＴとメッシュネットワークを展開し、小型のドローンでわれわれの位置を探ってきました。中には自爆タイプもあり、それで、先に位置を探られ、徐々に追い込まれ、今は、まだ無事なら、サイエンスパークの周囲に立て籠もっているはずです」

「つまり、半導体工場のいくつかは敵に明け渡したということね？」

「はい。工場設備の破壊を免れるために、わざと白旗を掲げた所もあります」

「変ねぇ。第６軍団でしょう？　第６連隊とかではなくて。で降りてきた解放軍の空挺は、たかだか数百人でしょう？」

「そのつもりでした。明らかに、兵の補充が起きています」

「敵に？　あり得ないでしょう。新竹の南に解放軍はいないし、北は、桃園空港への襲撃で数を減らしたはずよ」

「どこから湧いてくるのかはわかりません。あるいは、市民の中で呼応する者たちが出ているのかも知れないという噂はありますが。好景気で、貧富の格差がある街です。外国人労働者も多かったし」

「私たちには何を望むの？」

「ショットガンはありますか？　ドローンの破壊には、ショットガンが必須です」

「大隊全部で十挺くらいかしら。ドローンなんて、対ドローン兵器でも潰せるし、アサルトで乱射すれば良いじゃないの？」

「遭遇すればわかります。その一部が自爆ドローンだとわかってからは、味方兵士の多くがパニックを起こしました。まず、川を渡って下さい。たぶん、鳳山渓は問題ないと思います。その向こうの、頭前渓は、敵と味方が一晩中、撃ち合っていました。自分はやむなく、上流部を泳いで渡りました。全ての橋が危険だったので」

「わかりました。原田さん、では、そのまま橋を渡らせて下さいな。ガル、対岸を綿密に掃除して。敵が潜んでいる気配はある？」

「中州部分に関してはなさそうですね。露出する兵士はいません。死体の数はそれなりに……」

「原田さん、この車両、乾燥機能付きのドラム式洗濯機があるんでしょう？」

「はい。モニターラックの後ろに一台あります。男女兼用、着替えのトレーナーもあります。問題ありません」

「いったん、指揮車を演習場に入れて止めましょう。中尉、車両の先頭部分にシャワーブースがあります。生ぬるいお湯が出る。貴方はまずそれを脱いで綺麗になって下さい。どうせ、一戦おっ始まるまでにはまだ時間が掛かるわ」

「有り難うございます。しかし――」

「貴方のためではありません。私がその泥の臭いに耐えられないからです！　大丈夫。三〇分もあれば乾くわよ。でしょう？」

「今日は乾燥しているので、たぶん、大丈夫なはずです。その辺りのテストはしてませんが……」

　と原田が生返事をした。

「下着まで全部放り込みなさい。そして、そのかすり傷の手当をして、何なら寝なさい。それなりのベッドがある」

「命令とあれば、そうさせてもらいます」

　原田は、わざわざそのシャワーブースまで案内した。バスタオルに、上下のトレーナーもビニール袋に入ったまま手渡した。

「これ、一応新品のはずですけれど、たぶんサイズは合うでしょう。サンダルに……。サンダルは良く洗って下さい。誰かの水虫が残っているかも知れないので。あと、男ものばかりですが、コンビニとかで売っている紙製の使い捨てのブリーフやトランクスなら何十枚もありますが？」

　原田は、面倒臭くなって英語で説明した。

「あ、それ下さい！　ぶかぶかので良いです」

　王少佐は、「桃園の4号線で、今度はロジ部隊が襲撃されたそうです」と司馬に語りかけた。ただし今度は日本語で。

「聞いたわ。そりゃ、殺りたくなるわよね。明るい内はどこかに隠れていろだなんて。今以上、空港の守りを固めさせないためにも仕掛けるでしょう。どうにもならないわ。ルート全部は守り切れない。補給を空路に切り替えるか、もう少し南側を走るか。でもいつかはまた襲撃される。空港は、その内、陸の孤島と化すでしょう。でも解放軍は、いったん台北突入を諦めたのかも知れない」

「それは拙いですよね。キーウ目前にして停滞し、それ以降じり貧となったロシア軍と同じ状況に陥る。解放軍はそこまでバカではないでしょう。何か手を打ってくるはずです」

「どうかしら……。海峡の制空権を失ったのよ。飛ばせる弾道弾も残り僅か。そう手があるとも思えないけれど。でも、この銃声は変ね……」

さっきから銃声が止まない。撃っているのは、もっぱら解放軍のようだった。

「あの音、例の携帯式の重機関銃でしょう？　ノリンコのＱＪＺ-171。もうまる一日戦っているはずなのに、よく弾が尽きないわね」

「自分もちょっと覗いてきていいですか？」

「貴方、鉄砲も撃てないくせによく前線に出たがるわね？」

「鉄砲も撃てないと覚悟すれば、あとは隠れるだけですから」

「貴方一人を守るために人は割けないことを覚えておいてよ。原田さん、演習場を横切り、117号線に出た後、14号線で川を渡らせて。国道一号は川に対して斜めに走っているから、狙われるわ」

「了解です。それが安全だと思います。それとも、どこかで渡渉させますか？」

「ああ、台湾の川は短いから歩いて渡れるように見えるでしょう。でも、その細い所が、意外に深いのよね。ほんの十メートルの幅でも。勧めないわ。橋を渡った方が安全よ。別に急ぐ必要は無い。それなりの部隊が展開していることに敵はいずれ気付くでしょう。こっちに攻撃が向けば、少しは市中の味方も楽になる」

スキャン・イーグルが、その国道一号線上に横たわる無数の死体を映していた。桃園から派遣された郷土防衛隊が、てっとり早く幹線道路を車両で渡ろうとして迎撃されたのだ。

この規模の攻撃をたかだか数百名の空挺兵でやったとは、確かに奇妙な話だった。

「ＥＯマストを上げます。ここに居座るとしたら指揮車偽装の必要がありますが？」

と待田が判断を求めた。

「ネットを張るような人手は？」

「われわれでやるしかありませんね。指揮車を守るために一個小隊呼び戻しますか？」

「駄目駄目！　あいつら素人集団よ。弾よけにしかならないし、捕虜にでもなったら、歌うように喋りまくる。偽装ネットの展開くらいはこの面子で総出でやるしかないわね」

「了解……」

コンテナ車前方に埋め込まれている光学センサー・マストを上げる。マストには、ESMアンテナとしてのセンサーも張り巡らされている。たちまち、敵の電波を拾い始めた。

「凄いな……。極めて微弱ですが、確かにMANETが展開されていますね。センサー・ドローンを上げますか？　どこに敵が展開しているか、その密度で推定できます」

「それ、戻ってきて再利用できるのよね？」

「そういう代物です」

「では、やって頂戴」

待田は、席を立ち、いったんモニターラックの裏側に回ると、床のハッチを開けてロケット弾発射基状のチューブを三本出した。発射基をサンダーバード仕様のケーブルで繋ぎ、さらにタフパッドでエリアの地図を出して監視するエリアをぐるっと指先で丸く円を描いた。

その三本の発射基を抱えて指揮車を降りると、膝撃ち姿勢を取り、戦場とは逆方向へと向けて三〇度ほどの角度で発射した。ポン！　という軽い音とともにドローンが発射される。発射と同時に、前後タンデム方式のプロペラや、格納されていた主翼と尾翼、そして八木アンテナ式の棒状センサーが展開する。ウクライナで活躍したスイッチブ

レード型のドローンだった。

それを三機発射した。三機とも、敵の探知を避けるため、いったん北へと遠回りし、それぞれのコースに乗って戻ってきた。

光学センサーも装備はしているが、地上に張り巡らされる敵のネットワークを探知するのが目的のドローンだった。

「これ、敵も似たようなドローンを持っているわよね？」

「どうでしょう。現時点では、中国が同様のシステムを持っているという情報はないそうです。これを開発したアメリカの某メーカーの話では。ウクライナに持ち込もうとしたが、ロシア軍は、紙と鉛筆しか持っていないとわかって諦めたと。ただ、いずれ中国も持つことは間違い無い。MANETも、指向性が強いレーザー通信とかに進化させる必要があるでしょうね」

トレーナー姿の蔡中尉が、首にバスタオルを掛けて戻って来た。さっぱりした顔で、いかにも良い風呂だったという表情だった。

「なんだか生き返りました！　ここ、まるでビジネスホテルみたいですね。リンスまでおいてあるんだもの……」

「ああ、あの安物のリンスね……」

司馬は軽蔑しきった口調で応じた。

「一応断っておきますけど、ここのそういう水回りのことには私は一切関わっていませんから。あの娘、ちょっとセンスが安っぽいのよねぇ……」

「われわれ、安月給ですから」と原田が口を挟んだ。

「彼女、共働きよね。しかも両方、憧れの公務員様じゃない」

「老後のこととか――」

「バカじゃないの！　兵隊が老後のことなんて心

配してどうするのよ」

貴方みたいに誰もが銀のスプーンをくわえて生まれたきたわけじゃない……、と原田は思ったが、飲み込んだ。

「それより、膝から血が垂れているから、衛生兵に治療してもらいなさい」

緑色のトレーナーに血が滲んでいた。原田は、先頭部にある指揮官用居室へと中尉を案内してソファに座らせた。ソファというほどふかふかではなかったが。コンビネーション・デスクと、ソファは一応横にはなれる。

原田は救急キットを取って、左膝を捲った。巻いてあった包帯を解く。縫ったものかどうか迷う傷だった。

「川を渡ろうとして転けた時に戦闘服ごとざっくりいっちゃって……。頭には一発喰らったけれど、ヘルメットが裂けただけで助かった。でも、確実にあの世に逝ったと思いました」

「ちょっと特殊なゼリーを塗ります。縫合せずとも皮膚の回復を加速する。米軍の魔法の粉みたいなものです。あれより進化しているが。その頭部への銃撃で失神したんですか？　だとしたら貴方が時々気を失いそうになるのは、睡眠不足や低血圧ではなく、何かの脳障害を起こしたのが原因かも知れない。ＭＲＩを撮った方が良い」

「そんなもの、今この台湾で動いているのは、台北で一、二台あるかないかでしょう。空港の野戦病院で一応ドクターに診てもらったんですけど、この程度の怪我でいちいちここに来るなとお爺さんのお医者で……」

「戦場のまっただ中はそういうものですよね、でも気をつけた方が良い。もし自分で、これは低血圧ではなさそうだとぴんと来たら、休むなり、軍医に相談するなりして下さい」

原田は、北京語と英語のちゃんぽんで話した。

「戦争が始まった後、噂が流れたんです。自衛隊の特殊部隊がすでに潜入している。しかも全員が流ちょうな北京語を喋ると」

「それは、総統府が意図あって流した情報ですね。すでに自衛隊の協力を得ていると軍を安心させるために。自分以外は、皆流ちょうに喋ります。ネイティブの大佐殿もいらっしゃるし」

「あの人、ちょっと性格的にきついですよね……」

「気にしないで下さい。あれもまあ、あの人のキャラクターですから。戦場では優秀なコマンドです」

「そして大尉殿はメディックなんですか……。このソファ、昼寝程度なら十分ですよね」

「本来のベッドは、貴方の真上の天井裏にある。遠慮無く使って下さい。たぶん貴方には、十分な水分と睡眠、安静が必要だ。この患部は露出させないで下さい。向こう十二時間は水に濡らさないよう」

包帯を巻いて、小さな傷にはカットバンを貼って治療を終えた。

指揮ブースに戻ると、センサー・ドローンが解放軍のMANETの中継ポイントを特定してマップ上にラインを重ねていた。

「うわ……、ここまで徹底しているんだ……」

中尉が驚いた。

海岸線から新竹空軍基地を超え、さらに行政区エリアを通りすぎ、サイエンスパークまでMANETが延びている。そして、サイエンスパークの中心部のみが空白で、今はそのメッシュ構造が、ぐるりとサイエンスパークを取り囲んでいた。そこだけが、ネットの空白地帯になっていた。

「面白いですよ」と待田が北京語で説明した。

「例えば、この赤い点、ちょっと色が薄くなっていますが、五分前はそこで電波の発信があったけれど、今はない、電源がオフになった中継器です。回収班がいて、必要な所へと回している。空軍基地周辺は、外周にそって隙間無くメッシュが完成しているが、空港から行政エリアを通って、サイエンスパークに至るルートの四キロほどは、ネットが細い。道路沿いにしか展開していない。つまり、中継器の数が限られるということです。今、敵がサイエンスパークの攻略に取りかかっていることは明白ですが」

「展開している部隊の員数とかわかるの？」

と司馬が聞いた。

「そうですね。分隊長クラスがそのツールを持っているとして、二千から三千名でしょう。淡水《ダンシュイ》を攻撃した部隊とは、持ち込んだシステムの桁が違いますね。あっちはせいぜい数十個だった」

「そんなに？　われわれの見積もりより……」

と中尉が絶句した。

「これ、うちの一個大隊ではどうにもならないわよ？」

「しかし、いくら何でも、もう弾切れを起こす頃でしょう」

原田が応じた。

「方法はともかく、事実として補給はあるのかも知れない。この日に備えて、どこかの廃工場に数十トンの銃弾が隠匿してあったとか」

「対岸まで渡って、しばらく様子を見ますか？」

原田が提案した。

「そこに半日留まった所で、援軍は来ないわよ。うちの部隊ほどにも役に立つとは思えないわ。ガル、たとえば、このＭＡＮＥＴを潰したら、少しは有利になるかしら？」

「そうですね。それぞれ中継用のハブがあります。このちょっと大きめの赤い点滅がそれです。末端のワイファイは、たぶんわれわれが旅行で持ち歩くポケット・ワイファイと似たようなサイズでしょう。でも、この中継用ハブは、オフィスで使うのと似たような大きさのはずです。パワーを食うので。それを潰せば、ネットワークは寸断される。ただし、完全には切断されないはずです。末端同士が、補い合う仕様のはずだから。それでも、その末端のワイファイが一個機能停止すれば、そこから先は繋がらない」

「どうやって潰すの？　砲兵隊はまだエクスカリバー弾を持っているかしら？　対戦車ヘリはすぐ呼べるだろうけれど、そこまでの精密誘導兵器は装備していないし」

「GPS座標で狙うなら、戦闘機の誘導爆弾なり誘導ミサイルが一番確実ですね。ただ、敵もその辺りのことは考えていて、この中継用ハブも、時々移動しているはずです」

「オーバーキルにならない？　半導体関連施設を破壊したくないから、台湾軍も空軍の攻撃を躊躇っているわけでしょう？」

「それを心配したらきりがない。それに、そのハブは、別に工場の壁に設置してあるわけではありません。残念ながら、対レーダー・ミサイルで狙えるほどのパワーは出ていないので、GPS座標で狙うしかない。ピンポイントで狙えば、破壊できる」

「わかりました。それやって。中尉、貴方たちは対戦車ヘリは呼ばなかったの？」

「ああ、それ……。実は昨日、呼んだんです。空軍基地が陥落しそうだとなって。そしたら、情報の交錯が発生して、友軍の誤射になり、空軍の守備隊が全滅したとか何とか。それで、ちょっと及び腰になったようでして……」

「そんなことを恐れていたら守れるものも守れないわよ。どうせ昼間は遊んでいるだから、今ここに対戦車ヘリを投入せずにどこで使うのよ？　原田さん、大隊を前進させなさい」

「え？　せめて、その爆撃を待った方が良くないですか？」

「その一時間で味方が全滅したら貴方は責任を取れるの？　完全包囲状態なのに」

「お願いします！　こちらにはもう弾もありません」

中尉が深々と頭を下げた。確かに弾はなさそうだった。聞こえてくるのは、もっぱら解放軍の銃声だ。

「では前進を命じます。ガル、ファームに、リザード&ヤンバル小隊を前哨に出すよう命じてくれ。ここは慎重に行きたい。自分も出て良いですか？　ファームを交替で下がらせます」

「好きにして頂戴。でも持っていくのはメディック・バッグではなくグレネード・ランチャーにしてよ」

原田は、M32グレネード・ランチャーとメディック・バッグの両方を担いでコンテナ車を降りた。

リザードこと田口芯太二曹と、ヤンバルこと比嘉博実三曹は、原田小隊のナンバー2・ファームこと畑友之《はたけともゆき》曹長に呼ばれて真っ直ぐ伸びる117号線を走った。両側は、普通の住宅あり小さな町工場ありだ。ここが世界の最先端企業を支える街だなんてとても思えないほどのどかな景色だった。ただ、家並みの向こうに時々、高層ビルが林立しているのが見える。そこだけ東京駅周辺を見ているようだった。

時速四〇キロの速度制限がある道路をひたすら

前へ前へと走る。台湾人兵士らは、そうやって前へと出る仲間たちを口笛を吹いて冷やかした。

基本的に右側を走る。橋の手前で畑分隊長が待っていた。

「敵の気配はないが、路上はご覧の通りだ……」

橋の向こう側に、味方兵士の遺体が転がっていた。恐らく昨夜の戦闘だろう。少なくとも敵は一度はここまで来たということだ。

「向こうから撃ってきたら、グレネード・ランチャーで援護は出来る。弾が届く距離ならな」

「ここ程度は突破出来ないと、話にならないですよね」

「そういうことだな……」

橋のほぼ中央に、コンクリート・ブロックで障害物が作ってある。キックボード部隊阻止のためだったが、恐らくあのブロックを盾にして戦ったのだろう。効果はなかった様子だが。

田口は、柴子超《チャイツーチャオ》伍長に四名選抜させて物陰にしゃがませた。

「良いか、なるべく身を低くして進め。移動していれば、狙撃は難しくなる。もし弾が飛んできたと思ったら、その場に屈め。欄干は低いが、欄干の土台部分はコンクリで、たぶん匍匐すれば背嚢分の高さも稼げる。更に撃って来たら、スモーク・グレネードを前方に放れ。時間稼ぎにはなる。その隙に、われわれが撃ちまくって敵をいったん黙らせる。後退はなしだ。この橋を渡り切る。転がった死体は盾代わりに使え」

「ここで一〇人、二〇人死んでも……」と誰かが言った。

「犠牲は覚悟の上だ。立ち止まることはない。死体の山をバリケード代わりに押しながら前進することになる。君たちの幸運を祈っている。気休めにしかならないが、対岸の上空にはこちらのドローンがいて、発砲があればすぐわかる。味方は橋の両翼に出て、すぐ応戦してくれるだろう」

田口は冷徹に言い放った。

「これはあれだ。ウクライナで、民間軍事会社のワグネルが、受刑者を前方に歩かせて、全滅した後、それを攻撃した敵に反撃したような……」

「そうだ！　そうするしかない」

川幅は狭いが、対岸は深い森が水辺まで迫っている。対してこちら側は、上流側はすぐ畑で部隊を潜ませるような場所はなく、下流側の森は小さかった。

二個小隊がそこに布陣して応戦準備するまでしばらく待った。

「ドレッサーとワーステッド。そのニックネームはどういう由来なの？」

田口は、先頭を走らされる兵士二人に聞いた。

「俺は美容師なんで、ヘアドレッサーです」

「そりゃ残念だ。丸刈りにさせて気の毒だな……」

「俺は、痩せているし、学校に入った頃から、クラスののけ者というか、はみ出し者だったんで……」

賀翔《ホーシアン》一等兵と崔超《ツイチャオ》二等兵だった。

「シバ伍長。二人を選抜した理由は？」

「ああ、ともに高雄の出身で、どっちか一人だけ戦死させるのは気の毒だと思いまして。それより、ミスター・リザード、全員のニックネームを覚えたのですか？」

「そう。そういう記憶術があって、使い道はそうないんだけど、狙撃手の世界大会とかあるわけ。そういう所に出ると、競技種目に記憶術が必ず入る。たとえばジャングル・ジムの遊具に、いろんな図形を置いて、どの遊具にどんな図形が置いてあったかを記憶する。それをタイムアタックでやらされる。だから、われわれはその記憶術をこういう場で応用する」

「すげぇや……。クイズ番組に出られる。女の子の電話番号をメモせずに覚えられる」

ドレッサーが感心して尊敬の眼差しを遣した。

ファームが後ろから合図してきた。

「よし、まずはブロックまで辿り着こう！　行け——」

四名の新兵が小走りに駆け出す。四人とももうどうにでもなれ、という表情だった。続いて、柴伍長と田口、比嘉が続く。ただし、二〇メートル以上の距離を取っていた。

対岸まで三〇〇メートルはある。近そうで遠い距離だった。

一〇〇メートルまでは何事もなかった。だが、味方の死体を避けつつブロックに近づいた時、真上で何かが光った。

田口は、フレシェット弾か何かが上空で爆発したのかと思って「伏せろ！」と怒鳴った。

全員でその場に伏せた。だが、上空で炸裂したものは別の何かだった。ロケット弾のカバーが分離し、中からドローンが飛び出してきた。親子式のドローンで、クワッド型ドローンの下に、何か子亀がぶら下がっている。そのドローンが合計三セット入っていた。

小型のドローンだ。たぶん掌サイズだろうと思った。

ドローンは、ワイヤーで吊り下げた地上型ドローンを橋の手前に降ろすと、すぐ散開した。散開して周囲を飛び始めた。

だが、なんだかトリッキーな飛び方だった。一点に留まったかと思うと、サッと移動してまた立ち止まる。まるでハチドリか何かの飛び方だ。だが、この距離なら味方のドローン・ディフェンダーで落とせるだろう。それに、橋の向こう側に降りたタイヤ付きのドローンは、中央のブロックを超えることは出来ない。仮に自爆型ドローンでも、今は接近不可能だった。

「小さいな、あれ……。それにあの飛び方は苛つく」

と比嘉がぼやいた。

「あのラジコン・カーみたいな奴が自爆型ドローンだろう。上を飛んでいる奴は、手榴弾を運んでいるようには見えない。前進！　前進！──」

頭を上げると、向こうから走ってくるそのラジコンカーが見えた。路上の死体を器用に避けて走っている。リモコン操縦にしては素早い動きだ。たぶん上から覗いて操縦しているのだろう。

だが、それもブロックの手前でストップだ。てっきり停止するだろうと思ったが、そのドローンは止まらなかった。何と、高さ五〇センチはありそうなブロックをジャンプした。

ジャンプして着地した瞬間、その四輪のドローンはひっくり返ったように見えたが、すぐ姿勢を戻して向かってくる。

田口は「グレネード！」と叫びながら、咄嗟にSIGのモスキート・オートマチックをホルスターから抜いて立ち上がった。

新兵らがその場に伏せて射界が拓けた瞬間、ダフルタップで二発叩き込んだ。

さらに、ブロック塀の向こうから一台ジャンプしてくる。田口は、それが空中にある間にまた二発撃って破壊した。だが最後の一台は、空中にジャンプした途端に爆発した。威力はないが、対人手榴弾だった。

地面に伏せた兵士の頭上から破片が降り注ぐ。幸い、距離があったのと、背嚢を背負っていたせいで、それがバリアとなった。背嚢の一部が裂けて煙を上げていたが、けが人はいなかった。

頭上では、まだドローンが舞っている。ドローン・ディフェンダーがあるはずだが、どうなっているんだと思った。さすがに狙撃手の腕をもってしても、こう激しく動き回るスモール・サイズのドローンはたたき落とせなかった。

そのうちの一機が、急に高度を上げ始めた。てっきりドローン・ディフェンダーで操縦不能に陥ったのかと思ったが、そうではなかった。

橋の対岸へと戻っていき、あっという間に見えなくなった。

「ヤンバル、あのドローン、なんで戻って行ったんだ？」

ブロックまで辿り着いて身を潜めた。

「味方のドローンはどこだ？」

「見える！　橋に対して、11時方向。角度は四〇度くらいかな」

とワーステッドが報告した。

「君、眼がいいね。狙撃手になれるぞ」

そちらに視線を上げると、味方のドローンが高度を上げながら移動していた。どうして高度移動をしているのだろうと思った。すると、それは一瞬だけ姿が見えた。

何か、ハヤブサか何かが獲物に突っ込むように見えた。事実それは、鳥が突っ込んだようにしか見えなかった。例の掌サイズのドローンが、真上から、味方のドローンをヒットした。両機とも破壊されて墜落していく。

あり得ない攻撃だと田口は思った。ドローン同士の空中戦はウクライナでも報告されていたが、あの速度で移動しているターゲットに真上から突っ込んで命中するなんて、このドローンは、敵のドローンに対して体当たり攻撃のモードを備えている。跳躍地雷の性能を持つ地上ドローンとの組み合わせは最強だ。

　台湾軍が翻弄されるはずだ……。

　董衍《ドンイエン》、董慶磊《ドンチンレイ》、董賽飛《ドンサイフェイ》の三兄弟は、上空に留まったドローンの映像を何度か再生させて、「一勝一敗ってとこだな……」と漏らした。

　三人は、兄弟では無い。同じ歳で、工業高校で一緒になった。苗字が同じなので、仲良くなり、特待生として進学した大学はバラバラだったが、趣味の世界で繋がり続けた。

　周囲からは、「董《ドン》兄弟」で通っている。同じ地域で育ったので、どこかで縁戚関係にはあるらしかった。

　衍は、ドローンの設計が得意だった。航空工学の修士号を持っている。慶磊は、プログラムが得意だ。DJIから毎年のように破格のサラリーを提示されてスカウトされる。賽飛は工作が得意で、とにかく指先を動かすのが好きだ。趣味でフィギアの原形師もやっていて、日本で個展を開くのが夢だった。

　今、新竹市内の某所に設けたドローン基地で、複数のモバイル3Dプリンターが動いている。それで、破損したパーツを再生していた。

　大学在学中に、三人で共同名義の会社を興した。最初は、照明を付けたドローンを群制御で飛ばして、商店街のイベントで小銭を稼いでいた。だがコロナ禍に見舞われ、事業が立ちゆかなくなった。

　そこで、商売を軍に切り替えた。軍が装備する既存のドローンの問題点を研究し、自分たちでなければ作れないものを提案して売り込んだ。

　今はまだ、会社として助走段階だ。この戦争で性能を証明して会社を成長軌道に乗せたい。DJIを超えるのが三人の夢だった。だから危険を冒して海峡を渡ってきた。ここが世界のシリコンバレーの中心だと思うと胸が躍った。散歩ができないのが残念だった。スタバが全店閉業中なのも。

「四機失って、敵兵を一人も殺せなかったのは残念だが、敵を遠ざけることには成功した。よしとしよう!」

三人のお目付役である張偉森《ジャンウェイソン》陸軍少佐が励ますように言った。少佐は空挺兵ではない。陸軍の調達部門の士官だった。

「遠ざける? ドローンの映像を見る限りでは、橋の真ん中に置かれたブロックを超えて雪崩れ込んでくるみたいだけど?」

と慶磊が首を傾げた。

「いや、これ確実に遠ざけたと言える。少なくとも敵は、自爆ドローンが徘徊していることを知った。戦場まで駆け抜けるようなことはないだろう。彼らは慎重の上にも慎重に前進するしかなくなる」

「でも、あれアサルトで迎え撃ったわけじゃないですよね。どこかからの狙撃だ。〝犰狳《チウイー》（アルマジロ）〟の動きに対応したなんて……」

「まぐれじゃないのか? それに、敵にもこちらの武器の情報は伝わっているだろうから、事前に備えられたはずだ。そうそうこういうことはないだろう。それに、ドローンの補給は今後もある。新竹を完全占領すれば、空路からでも大量に届くだろう。このサイズの、単純な構造の勝利だ。大量生産向き。DJIには作れないだろう」

「プログラムはね。入れ物は作れる。ただ、彼らは商売だから、余計な付加価値を付けたがるだけです。DJIは、初期型が良い。単純で、いろいろ改造のし甲斐もあった」

賽飛が言った。

「森の中に何機か潜ませてくれ。あの辺りに味方はいない。もう全部隊でサイエンスパークの包囲殲滅に掛かっている。あのバラバラの装備はたぶん郷土防衛隊だろうが、たとえ素人兵集団でも、背後を襲われるのはまずい」

「了解です。人殺しは嫌だな……。いくら国のためでも。ドローンはただ監視任務に就いている方が美しい」

「衍！　会社を大きくしたいなら、えり好みは駄目だぞ。台湾が戻ってくれば、中国が、半導体業界を取り込むということだ。世界を支配する。その意味は、君らにだってわかるだろう？　最大の利益を得るのは、人民ではなく、君ら先端産業の開拓者だ」

「半導体なら、今でだって自由に買えたのに……。僕らは、政治スローガンも何も無い街で、カフェで寛ぎたい」

　あとの二人が同意する印に頷いた。

「大人になれ！」と少佐が皆をどやしつけた。

第三章　軍事教練

キックボード——ただし電動では無い、に乗った原田小隊のコマンドが、破壊されたドローンを前線から指揮車に持ち帰ってきた。

子供用のラジコンカーと見た目は似ている。タイヤは四個。ただし、天地の差はほとんど無かった。そしてタイヤ径は車体部分より大きい。つまり天地がひっくり返っても、そのまま走れる仕様だ。中央部分に82‐2式手榴弾を仕込む窪みが作ってある。そして、スマホサイズのＣＭＯＳセンサーが前後に貼り付けてあった。

上と下、両面に、ゼンマイ状のバネが露出していた。

「そうそう、これですよ！　これ嫌らしい動き方をするんです。右へ左へとちょこまか走って突っ込んで来る。しかも、階段を飛び越えて建物の中に入ってくるし」

蔡怡叡《ツァイイーレイ》中尉が、少し身構えた。今でも動きそうな気がしたからだ。

「せめて、事前に、跳躍性能を持っていると教えて頂きたかったですね……」

と待田がやんわりと言った。

「すみません。でもあのブロック塀を越えられるとは思わなかった。階段を登るという話も自分で見たことはなかったので」

待田は、台湾南部で戦っている姜《かん》小隊を衛星で呼び出し、向こうの指揮車両である連結使用型指揮通信車・通称〝メグ〟&〝ジョー〟に乗っているリベットこと井伊《いい》翔《かける》一曹を呼び出した。こういうオモチャは、高専出身のリベットの専門だった。

手に持ったタブレットのカメラで、それを三六〇度から映してやった。頭の部分が銃撃で破損していた。マグライトで、その破損した部分から中を照らして見せる。

「見た感じでは、手榴弾を投擲する仕掛けもある。レバーの下にバネがあって、そのバネが外れると、レバーが跳ね上がることで、手榴弾が飛び出す。必ずしも自爆を前提とした構造じゃないね……」

と待田は問いかけた。

「そのびっしりと詰まった歯車は凄い。ぜんまいバネだよね。面白い構造だ。たぶん、小さなエネルギーを歯車で稼いで、ぜんまいバネを回してエネルギーを溜め、一挙にエネルギーを放出してジャンプする。重さはどのくらい？」

「手榴弾を積んでも一キロあるかどうかだろう」

「たぶん、ビルの階段を登れる前提で設計されている。踊り場までジャンプし、そこで往復しながらバネを巻いてまたジャンプして階段を登っていく。人間の足ほど速くはないが、確実に登れる。たぶんＡＩ制御だろう。人間がいちいち映像を見ていて狭い空間でバネは巻けないから。その飛行タイプのドローンにしても、人間の操縦じゃなく、ミサイルと同じ制御系で飛んでいると思う。それがロケット弾で飛んでくるの？　でも変だな。飛行タイプも掌サイズで、クワッド型なのに、一キロ前後の荷物を吊り下げて飛ぶなんて無理だ」

「飛んだという感じじゃなかったな。荷物を提げて、狙った場所にハード・ランディングさせる感じだった。パラシュート機能程度のペイロードはあるということだろう。いろいろ割り切ったドローンだ」

「こっちでは見ないな。解放軍は部隊によって使っている装備が結構バラバラだから」

「すみません。これ、森の中を飛べます！」

日本語のやりとりだったが、雰囲気を察した祭中尉が口を挟んだ。

「森？　ブッシュの中を飛べるという意味ですか？」

と待田が聞いた。

「そうです。枝や葉を避けて器用に飛び回ります！　そういう報告がありました。藪に隠れていたら、頭の横を飛び抜けて行ったと」

「それは最近の技術だ。木立の間を縫って飛ぶには、ＡＩによるかなり高度な推測プログラムが必要になります。自動運転車のような」

右手に衛星携帯を持った王文雄《ワンウェンション》が戻って来た。

「国防部と話を付けました。そのハブ攻撃に歩調を合わせて、空軍が、味方を包囲した敵部隊を誘導爆弾他で攻撃するそうです。攻撃できる範囲内で……」

「無いよりはましよね。その間隙を縫って一気に味方と合流しましょう」と司馬が指示を出した。

「ただし、援軍は出せないので、独立愚連隊がサイエンスパークに入った後、再び包囲されて孤立する危険はあります」

「覚悟の上よ。マガジンを運ぶ程度なら、こっちだってドローンを使えるんだから」

「敵は、メッシュネットワークを川側へ展開しています。こちらの動きに反応するようです」

待田が、その辺りのマップを拡大して見せた。

一〇分前は無かった赤い点がぽつぽつと現れていた。

「全小隊に、敵の掌サイズ・ドローンは、林の中でも飛べると警告しなさい」

大隊はひとまず鳳山渓を渡った。ただ、死体の山を越えつつ前進したことで、兵士たちから笑い声は消えていた。自分がいつこうなるかわからないのだ。

橋を渡ると、川の向こうは急に拓けてくる。道路は片側四車線に拡がり、道路沿いには高層アパートが林立している。まるでホノルルかどこかに迷い込んだような感じだった。ここは、発展する新竹エリアの新興住宅街なのだ。

畑曹長は結局下がらなかった。指揮車にガルが一人居れば十分だろうという判断だった。

原田一尉を、路肩に放棄されたバスの影に誘った
「ここから二手に分かれましょう。大隊規模の部隊を率いていて、このまま一本で進むのは勿体無い。自分が、半分率いて、西の1号線沿いを進みます。小隊長殿は、このまま真っ直ぐ進んで下さい。頭前渓護岸まで無事に辿り着ければ、あとは互いが援護しつつ橋を渡れます。その頃には、敵はずらりと対岸を埋め尽くしているでしょうが、空からの援護も得られるでしょう」

「頭前渓までほんの二キロもない。敵が布陣する前に渡れませんか？」

「渡れるでしょうが、渡った後は乱戦になりますよ。われわれは素人を抱えている。焦ってはだめです。まず敵の練度や装備も確認しないと。われわれの行動はドローンでまる見えです。いずれ、ただの素人部隊ではないこともばれるでしょう。敵をいったん対岸に集めて、そこでせめぎ合った方が総合的に見れば有利です」

「了解です。では、自分はこのまま真っ直ぐ前進します」

原田は、自分の部隊をさらに両翼に散開させ、

両翼に幅五〇〇メートル前後の安全圏を確保して前進させた。

　建物を一軒一軒掃討する余裕はないが、高層住宅の一階部分は調べさせた。住民はもぬけの殻で、あちこち賊が押し入った痕跡があった。だが、それもごく最近のことだ。住民らは昨日、慌てて逃げ出した感じがあった。

　原田は、前へ前へと出て、田口に追い付いた。

「この辺りに狙撃手が潜んでいる気配はあるか？」

「ないですね。たぶん斥候が潜んでいるとは思いますが、今は撃ってこないでしょう。上から撃ち降ろしても手酷い反撃を喰らうだけだから。仕掛けてくるとしたら、後ろから追いかけて来る補給部隊に対してでしょうね。ドローンで監視しつつ移動して、敵が撃ってきたら、そこに撃ち返すしかありません」

「対岸はどうだと思う？」

「敵がどんな装備かでしょう。重機での撃ち合いになったら、どっちの補給がまともかです。でもまあ、戦闘ヘリの一機も駆けつけてくれれば、どうにかなるでしょう。ドローンの群《スウォーム》攻撃とかなければ」

「あると思う？」

「もちこまれたドローンの数が半端じゃない印象を受けますね。何が出て来てもおかしくない。ここは慎重に行きましょう。敵もバカじゃない。いくらこっちが素人の寄せ集めに見えても、街を攻略中に挟み撃ちにされるのはいやでしょう。向こうも慎重のはずです。橋の麓には、銃座として使える高い建物がいくつも建っている。アサルトで撃ち合うには厳しいですが、軽機や狙撃銃なら狙える。何とかなるでしょう」

「わかった。台北には、部隊の武器弾薬も届いている。すでにここまで輸送の手配はしてある。一戦やっている間に、夕方にはそれが届くはずだ」

「彼らの弾は届きますか？」

「兵隊さんの？　それはどうかなぁ。使い切る前に半分は戦死するという前提らしいし。一応、王少佐に相談してみる。援軍を送る気が無いなら、せめて弾くらい送らせろと」

近くを歩く比嘉は、くるくる首を振って上を見回していた。

「ヤンバル、何か見える？」

「ビルの上と撃ち合った形跡はないですね。ベランダに銃痕はない。足下にガラスも落ちていないし。死体のほとんどは郷土防衛隊と、彼らが乗っていた車だ。転がる薬莢を見ても、通りの角からの待ち伏せですね。郷土防衛隊がこのルートを通ることを知っていた。斥候は、今もわれわれを見張っているはずですが、単に、迎え撃つ余力がなくなったんでしょう」

「補給や補充が入っているという話をどう思う？」

「空挺ですからねぇ。一昼夜を超えて戦っているのも変だ。どこかに隠匿物資があったということでしょう。直前にある程度運び込んだのじゃないですか？　海路、堂々コンテナで持ち込めば良い」

と田口が言った。

「橋の状態を確認する必要があるよね。爆弾とか仕掛けられているかも知れないし」

「それが終わるまでは、誰も渡れません」

ガルに確認用のドローンを別途用意するよう命じる必要があった。仮にすぐは渡れないにせよ、それなりの数の敵を惹き付けることができるはずだ。それだけでもここで戦う意味はあるだろうと原田は考えた。

　宮古島に隣接する下地島《しもじ》は、台湾に近いわけではない。魚釣島へは二〇〇キロという立地だが、台湾へは三〇〇キロ以上もある。ほぼ真西に飛んで、新竹までは四〇〇キロだ。だが、七〇〇キロを越える那覇から飛んでくるよりは遥かに近い。

　三〇〇〇メートルの滑走路を持つ下地島空港は、軍用飛行場としても最適だったが、いわゆる屋良《やら》覚書によって、自衛隊の使用は不可とされた。中国軍が雪崩れ込んでくると、台湾空軍の戦闘機が大挙飛来し、居座ったため、それもこれもなし崩しになった。

　宮古島には、中国の弾道弾ミサイルも飛んできた。幸い人的犠牲は出なかったが。

　そして今、台湾空軍機があらかた本島の基地へと引き揚げたせいで、ここには自衛隊機が展開していた。

　アメリカから急遽導入したF‐15EX〝イーグルII〟戦闘機部隊もそうだった。二人乗りの戦闘爆撃機は、後席に教官役の米空軍パイロットが乗っている。

　その膨大な搭載量を生かして、数で優る中国軍機と戦っていた。彼らは、たった一個飛行隊で、驚異的なキル・スコアを上げていた。

　とりわけ、新庄藍《しんじょうあい》一尉とエルシー・チャン空軍少佐が乗る機体は、すでに敵一個飛行隊以上の戦闘機を叩き墜していた。EX戦闘機は、在来型イーグル戦闘機の倍の数の空対空ミサイルを搭載できる。敵機を、光学センサーで発見してレーダーを発信することなくミサイルを発射する方法で撃墜数を稼いでいた。

　そしてついには、中国の戦闘機を台湾上空はもとより台湾海峡からも追い出すことに成功したのだ。

その新庄の愛機は、今ど派手なカラーが塗られていた。紅白の旭日旗模様だった。

もともとこの機体は、アメリカ本土での航空ショー向けに胴体下面に旭日旗が描かれていた。下だけ塗った所で、戦争勃発となって日本に飛んできた。別にそのカラーを落とす理由はなかったので、そのまま使っていたが、新庄の強い要望で、その旭日旗カラーを上面にも塗り、結果として全部塗り替えることになった。

とにかく、ど派手なカラーだった。

それが、ターミナルビルの前に鎮座している。第三〇七臨時飛行隊に所属するＥＸ戦闘機の八機が台湾本島東側で警戒飛行していた。八機はここで整備と待機中。

そして新庄機含めて四機が、大急ぎで爆装中だった。ＧＢＵ‐53／Ｂ〝ストーム・ブレーカー〟滑空爆弾の搭載作業が始まっていた。

リゾート感溢れるターミナル・ビルの一角に、臨時のブリーフィング・ルームが出来ていた。操縦桿を握る日本人パイロットだけを集めてのブリーフィングだった。

なぜストーム・ブレーカーなのかでしばらく議論になった。

「たかだか弾頭重量五〇キロの小直径爆弾を叩き込んでも……」

と新庄一尉が納得できない顔で飛行隊長の日高《ひだか》正章《まさあき》二佐に意見した。

「目的は、爆弾の爆風で、そのハブの中継器を破壊することだ。ビルを崩落させることではない。付随被害を最小にしてくれという要請だ。辺りにはとにかく、半導体生産にとってどんな重要施設があるかわからない。ちょっとした町工場がとんでもない核心装置を作っているかもしれない。だから、五〇〇ポンド爆弾とかは使ってくれるなということだ。君らはただ、決められたターゲットに向けて滑空爆弾を放るだけ。ただし、そのハブはくるくる位置を変えるので、発射後の目標変更もあるかも知れない。ストーム・ブレーカーの使用は初めてではないし、特に支障は無いだろう。中国空軍機の海峡越えもしばらくはなさそうだから、自衛用のミサイルだけで良い。あと、地上部隊支援のための攻撃要請があるものと思ってくれということだ。恐らく敵味方交錯している中に爆弾を撃ち込むことになる。そのためにも、威力はあまり大きくない方が良いだろう。離陸後、その要請が入るものと思ってくれ。空中給油の予定はないが、地上部隊の支援もあるので、一定時間、現場近くに留まることになる。残燃料には気をつけてほしい。いざという時は、花蓮《ファリエン》空軍基地に降りて給油のこと」

「こんなことより、沿岸部に引き込んだ敵艦隊を攻撃した方が良いんじゃないんですか？　空母とか。陸軍も空軍もだいぶ減らしただろうけれど、敵海軍の戦力は、たかだか一割二割しか削っていない」

「ウクライナの戦争でも、アメリカは真綿で首を締めるようにロシアを攻めた。核大国と戦争するというのはそういうことなんだろう。独裁者が激昂して核のボタンを押さずに済むよう、時間を掛けて状況を理解させる必要がある。いや、これは私の想像であって、本当にそうかはわからないが……」

「その間、無駄な血が流され続けるんですよ？」

「それは辛い所だが、核戦争になっては元も子もない。とにかく、昨日までの食うか食われるかの戦いは一段落だ。このまま楽に推移するとは思わないが、少なくとも、この任務は、簡単なお仕事だ。ミスがないようしてくれ。あと、君のど派手な機体を敵に見せびらかす必要はないからな。新聞に叩かれたらと思うとぞっとするよ。誰がどう言い訳するのか……」

「正直に言えば良いじゃないですか。部隊として士気を上げるためにやったと」

「さあ、行ってくれ！」

新庄は、段ボール箱に入っていた栄養ゼリーを二個取って膝のポケットに突っ込んだ。

ブリーフィング・ルームと反対側で話し込んでいた米空軍パイロットらと合流してエプロンに出る。

「そっちは何の話ですか？」と新庄はチャン少佐に聞いた。

「米空軍の戦術評価チームよ。われわれが生きている間に、あれこれ聞いておきたいからと。この戦争が始まってからというもの、まともな報告書を書く暇も無かったから。向こうは、われわれがどうしてこんな戦果を上げているのか疑問なのよ。私から言うべきことはひとつしかなかった。生き残るために必死で戦ったんだと」

「まあそうですよねぇ……。それ以外に説明のしようもない」

新庄とチャン少佐のイーグル戦闘機は、四本のランチャーと胴体真下に合計二〇発のストーム・ブレーカー滑空爆弾を装備して離陸した。

彼女の機体が離陸する瞬間、空港内にいたほぼ全ての人間が、その異様な迷彩塗装の戦闘機の離陸を呆気にとられたように見送った。

四機編隊の戦闘機が離陸し、真西へと針路を取った。

中国海軍の空母艦載早期警戒機であるKJ-600（空警-600）は、深夜から飛び続け、明け方の敵の攻勢で、味方戦闘機を指揮し続けた。だがそのせいで燃料不足に陥り、帰るべき基地はことごとく破壊され、やむなく橋の上へ緊急着陸した。

数時間掛けて機体を軽くし、橋の上から飛び立ってようやく寧波《ニンボー》まで帰ってきた。ただし、出撃基地として使っていた寧波海軍飛行場は破壊されたので、すぐ近くの、寧波国際空港へと降りた。

そこには、他にも帰る場所を失った軍用機が多数降りていた。

寧波にミサイルが降り注ぐ中、緊急離陸したY-9X哨戒機もその一機だった。

両機の乗組員は、互いの無事を喜び、これからの苦しい戦いを嘆いた。

空港内は閑散としていた。ロックダウンされ、当然国内便も国際線も飛んでいないので、軍の兵士しかいない。豪華なターミナル・ビルもがらんとしている。ボーディング・デッキが飛行隊ごとに割り当てられて、そこに整備クルーも待機していた。

だが、飛行服を着た連中は、トイレ以外、なるべく機体から離れないようにしていた。今朝方は、恐らく、ここは民間空港だということで攻撃を免れた。だが、軍用機が集まってくることで、いつまたミサイル攻撃があるかも知れない。いつでも離陸出来るよう機体から離れずに待機しろという命令だった。

空警機は、橋からの離陸時、機体を軽くするために椅子から装置まで大量に降ろす必要があった。それをようやく機内に戻した所だった。

空警機を指揮する浩菲《ハオフェイ》中佐と、哨戒機を指揮する鍾桂蘭《チォンクイラン》少佐は、ともにエンジニアだ。自分が心血を注いで開発中の機体に乗っている。

鍾少佐は、一度撃墜され、荒れる東シナ海を漂った。その時、共にラフトで地獄を見た天才科学者・S機関の張高遠《ツァンガオユエン》博士とは良い仲になったが、今はそれどころではなかった。

深圳《シェンチェン》の極秘研究所に所属する張博士は、まだ童顔が残る青年で、数学の天才だった。

ありとあらゆる複雑なシステムをあっという間に理解してしまう。

前日、中国軍の戦闘機部隊は、敵が仕掛けてきた電子妨害で痛い目に遭った。それまでレーダーに映っていた敵戦闘機が、一斉に見えなくなったのだ。それがステルスではなく、従来型の、しかし大規模な電子妨害であることを、張博士は一瞬で見抜いた。

だが、問題はその対策だった。

空港内のレストランから持ち出した椅子とテーブルが、空警機と哨戒機の間に整然と並べられている。

そのテーブルの一つで、張博士はゲーミングPCを叩いていた。

「あれは、一回きりでしょう。突然仕掛けられたからこちらは対応できなかったが、向こうも二度も三度も使える手だなんて考えていないと思いますね。一応、急場しのぎのプログラムは、そちらのシステムに入れておきました。空警機だけなら対応できるでしょう」

「有り難う、期待するわ。制空権が回復できないんじゃ、哨戒機の出番なんてないわよね？」

と浩中佐は、鍾少佐に振った。

「例の作戦に先行して、今夜中に一件仕掛けるらしいですけど、一隻でも戦果が得られれば海軍の士気は上がります」

「そうね。うちと違って、日本の護衛艦は、わりとそこいらへんのことは考えていないみたいだし。成功すると思うわよ」

滑走路上に、J‐35ステルス戦闘機が降りてくる。今朝方はこの艦上戦闘機部隊に機体を守ってもらっていたが、敵を追い掛けた編隊が返り討ちに遭っていた。

J‐20よりレーダーに映りにくいことは確認ずみだが、いかんせん、配備が始まったばかりで、運用実績が浅いのだ、というよりゼロからいきなり実戦投入された。

「なんでこんな所に降りて来るのかしら……」

「哈爾浜《ハルビン》の工場から量産機体を飛ばしている所でしょう。給油で降りているんですよ。他に適当な場所がないから」

「せめて機数と経験があればね。敵の戦闘機に、あれが見えていないのは確かだわ。せめて百機もいてくれれば……」

「それ、機数はともかく、まともに動いているんですか？　もし出せるなら、戦争の初期から投入されていますよね。物にならなかったから今までお蔵入りしていたと理解してますけど」

「それを言ったら私たちはどうなのよ？　実戦でデータを得つつ戦っているのに。贅沢を言える状況にはないわ」

J‐35戦闘機は、空警機を挟んで反対側に誘導されてエンジンを止めた。全体的なフォルムは、F‐35Aステルス戦闘機とそっくりだ。何から何まで真似た。エンジンがこちらは双発という点を除いて。

キャノピーが開いてパイロットが降りてくると、空警機の鼻先を回って歩いてきた。

彼らがいる場所に近づく前に、「マスクはしなきゃならないのか？」と相手は大声で尋ねてきた。

一瞬、浩中佐が固まるのがわかった。鍾少佐が、中佐の戸惑いをいぶかりつつ、「ここではその必要はありません！」と応じた。

「誰です？」

「誰でもないわ……」

と浩中佐は硬い表情でぼそっと呟いた。

そして、向こうが近づく前に浩は前に出た。自分の仲間と余計なお喋りをして欲しく無いという態度で、不意の来客の肘を掴んで、空警機の影へと引っ張った。

「活躍しているね？　君のこのデュアル・バンド・レーダー搭載機は。今やわが部隊のほとんど唯一の眼と言って良い」

「なぜここに？――」

「哈爾浜に送り返した機体を空輸中」

「貴方、テスト・パイロットでしょう？」

「今はそれ所じゃない。飛行隊を率いて」

ている。一週間前から部隊勤務し
「初耳だわ？」

「君の許可が必要だったかな？」

「それで？　どんな暮らし？……」

中佐は、胸ポケットから名刺サイズの写真を一枚出した。二歳前後の女の子が笑っている写真だった。浩中佐は、はあ！……、と大きく息を飲んだ。

「幸せなのね？」

「平和ならね。自信を持ってそう言える。君はどう？」

中佐は、しばらく言いよどんだ。

「……仕事が生き甲斐になったと言ったら、軽蔑されるかしら？」

「そうさせたのは僕の責任だと？」

中佐は、小さく首を横に振ってから、「仕事の話をしましょう！」と促して戻った。

その場にいた全員が、興味津々という顔だった。

「紹介します。火子介《フォツージェ》海軍中佐、テスト・パイロットよ」

「へぇ。中佐はこういうタイプが好みなんだ……」と張博士が呟いた。

「お黙り！　坊や。何も詮索するな、考えるな。仕事の話をしてもらいます！」

「皆さんの活躍は、他所の部隊にも伝わっています。特に、この空警機の活躍で命拾いした戦闘機パイロットは多い。遅ればせながら、わがJ‐35部隊も戦線に加わります。ご指導よろしくという所だな」

　人当たりの良いテスト・パイロットだった。

「それで、J‐35は、敵戦闘機のレーダーには見えないという確信があります。あの機体が見えるのは、E‐2Dだけです」と浩中佐が本筋の話を急いだ。

「同意するけどさ、E‐2Dがいない場所で戦うというのも無理だよね。あれには必ず見えている。しかも日本のあれは、必ず一機は台湾近くを飛んでいる。空中早期警戒管制指揮機《AWACS》と一緒に。それに、例のイーグル戦闘機は、AESAレーダーも使わず、光学センサーだけでミサイルを撃ってくるじゃないか？」

「でも、光学センサー同士の戦いになったら――」

「申し訳無いが、菲……、あちらの光学センサーの方が圧倒的に性能が良い。向こうが五〇マイル以上先からこちらを見付ける時、こっちはせいぜい四〇マイルでしか見えない。この差は大きいよ」

「でも戦いようはあるでしょう？」

「あちらのF‐35戦闘機が、ものになるまでいったい何年かかったと思う？」

「さあ。一〇年くらいかしら……」

「とんでもない！　すでに千機が量産され、世界中で飛んでいて、あれはまだまだ問題だらけなんだぞ！　うちのJ‐35なんて、飛んでいるのが不思議なくらいでね。もちろん、いろんな作戦は考えているが、ここまで押し込まれて、ステルス戦闘機だけで挽回するのも無理だ。時間稼ぎは出来るだろうが……」

「雷神作戦《レイシェン》に参加する必要があるわ」

「仮にそれが可能だとして、そんな状況下で戦闘機部隊を運用するのも無茶だよね。君の空警機は、下がって見張れば済むだろうけれど」

「でも、光学センサーの不利が、不利でなくなるじゃない？」

「それはそうだけどさ……。作戦全体に、われわれの参加が必須なのか？　本当に成功する目処があるなら、危険は冒すが……」

「やってもらうしかないわよ。J‐20はすでに損耗が激しい。あんなの量産してもどうにもならなかったのに」

「わかった。部隊に持ち帰って検討する。ただ、現状は、だいぶ内陸部から出撃している。早く沿岸部の飛行場を再建してもらわないと」

「急かします。貴方の飛行隊を最優先で配備するように進言します。その程度の政治力は得たから」

給油が終わると、火中佐は、栄養ゼリーを一気飲みした。

「期待しているぞ！　君らの空警機でしか、F‐35は見えないんだからな」

駆け出そうとする中佐を浩中佐がしばらく追い掛けた。

「無茶はしないで、生き残ってよ！　家族のために――」

「わかっている。君もな。いくら戦争とは言え、君ら、俺より無茶しているぞ」

浩は、その後ろ姿に右手を少し挙げて振った。

みんなの元に戻ると、全員の刺すような視線が突き刺さった。

「初耳だわ……」

　と空警機の副操縦士である秦怡《チンイー》大尉がショックを受けている顔で言った。上海の名門工科大学、同済《トンジー》大学時代から先輩後輩の付き合いだったのに、全く気付かなかったし、報されなかった。

「私たち、恋バナとか結構したつもりだったけれど……」

「そんなことより、良い男じゃないですか！　俺みたいな引き籠もりの宅男《オタク》と違って。なんで別れたんですか？」

　と張博士が全く無遠慮にグサッとくる質問をした。

「みんな、配慮というものがないの？　あのほら、英語で言う所のデリカシーというものが。あっちはテスト・パイロット。戦争がなくとも半分は事故死する。その恐怖に私が耐えられなかったのよ」

「嘘、信じられない……。自分は毎回、こんな危険な任務に就いていて」

「ええ。お陰で成長しました。この話はこれで終わり。二度としない。テスト・パイロットまで駆りだしているなんて、状況は深刻よ。てっきり足りないのはパイロットじゃなく機体だけかと思っていた。なんとかしないと……」

「真面目な話として……」

　と鍾少佐が話を本筋に戻した。

「その、雷神作戦が成功するとして。まあ三割でも成功すれば、そこそこ行けそうな気はしますが、それでも空からの援護は、かなりきついですよね。長時間、滞空する必要がある。すでに制空権を失った場所で、まず航空優勢を取る必要がある。三時間、あるいは五時間。沿岸部の基地は潰滅状況。空中給油機は狙い撃ちされ、レーダー・サイトも潰滅、地対空ミサイルもだいぶ殺られたのに」

「レーダー・サイトは、明るい内に移動式が展開するし、飛行場も深夜には復活するでしょう。地対空ミサイルは、そもそもその射程に敵戦闘機が近づくようでは、どうにもならないし」

「艦隊は本当にやる気なのですか？　成功率は低そうなのに、今日まで引き籠もっている艦隊が、今手元に存在しない技術に賭けてカミカゼ攻撃覚悟で出て行くなんて……」

「敢行されるなら、われわれにとって最後のチャンスになる。われわれはいざとなれば、くるりと反転して逃げれば良いけれど、艦艇はそうもいかない。彼らがやるというなら、全力で応援するわよ」

「私の方に仕事があれば良いですが……」

海峡の制空権を喪失したことで、鍾少佐のY-9X哨戒機には出番が無かった。だが、飛ばないわけにもいかない。哨戒機が飛んでいないとわかれば、敵は潜水艦を海峡に入れてくるだろう。哨戒機が飛び回っているという事実が、抑止力になるのだ。

その同じ理由で、味方の潜水艦は、敵艦隊に接近できないのだ。


桃園空港ターミナル・ビル前では、国土防衛少年烈士団の、中学生に対する軍事教練が始まっていた。

依田健祐らを指導するのは、彼らが一晩だけ寝泊まりした小学校の元教頭の陳一兵《チェンイーピン》少尉だった。

それに補佐として、徴兵上がりの郷土防衛隊の爺さん連中が数名就いていた。

自分らが土嚢を積み上げて作った陣地の中で、陳教頭先生は、まず部隊編成に関して、決まり事を告げた。

「小隊長は、引率して来た呂宇《ルーイー》先生。それを三つの分隊に分けて、それぞれ分隊長と副分隊長を任命する。ただし、分隊長は羨ましい仕事ではない。常に先頭に立つ必要があり、戦死の危険が一番高い。さらに伝令役、衛生兵役も決めなければならない――」

だがまずは、銃を持っての移動の訓練だった。与えられた銃はベトナム戦争時代のM‐16小銃だ。重いし、古くさい。挙げ句に、使われたばかりなのか、所々血糊が乾いた銃もあった。

「いいか、どんな時も、連射するな。絶対に連射モードにはするな！　銃が踊るだけだ。安全セレクターは、セフティとセミ、これだけ動かせば良い。最後のオートは存在しないものと思え。狙わなくても良いから、確実に一発ずつ引き金を引け！　人間はたった一発の銃声だけで怯む。では、これから戦場ツアーを開始しつつ、簡単な教練を行う。良いか君たち。状況を設定すると、ここは今、敵に包囲され、頭上は銃弾が飛び交っている。隣の陣地まで移動する必要があると設定しよう。さあ銃を構えての匍匐前進だ！　膝と肘で歩く。銃を汚さないように抱えてな。さ、全員、隣の陣地まで移動するぞ！」

えー！　という抗議の声が上がる。隣と言っても一〇〇メートルはある。地面は土嚢作りのせいで泥だらけだ。しかも攻撃のせいで、あちこち割れたガラス片も散らばっていた。

「命を失うか、泥にまみれるか選択の余地はないぞ。そもそも君らはすでに泥だらけだろう。躊躇う理由はない」

呂先生が率先して地面に腹ばいになり、銃を両手に持って、肘で歩き始めた。こりゃ、肘も膝も痣だらけになるぞ……、と皆が覚悟した。

それが終わると、今度はターミナル・ビルの壁に沿っての移動だった。

「君ら、CQBという言葉を聞いたことがあるだろう。都会での近接閉所戦闘だ。テレビとかで見る、特殊部隊ごっこだ。銃を構えて良いのは、先頭の兵士だけ。後ろの兵士は、前の兵士の左肩に手を置く。これは、色んな理由があるが、たとえば暗闇で仲間とはぐれないためだ。後ろの兵士は、銃を構える必要は無いぞ。同士撃ちの原因になる。これは行軍の絶対ルールだ。銃を構えるのは、常に先頭の兵士のみ。そこから下がったら、銃口は常に斜め下に。それと、分隊長は銃は持つな。普通の軍隊ではそんなことは許されないが、君たちに関しては、分隊長は銃は持つな。弾が入った銃は、つまりいつでも弾が出るということだ。人を殺せる武器を持っているというだけで、君たちは神経を消耗する。思考の半分は、それで占められる。注意力が散漫になり、判断力も衰える。それを避けるために、分隊長は銃は持つな。ただ周囲に気を配り、判断に全力を尽くせ。

そしてもう一つ、CQBの絶対原則を命じておく。普通、戦場では、敵の姿が見える距離で撃ち合うことは滅多にない。ウクライナでもそうだった。だがここではあり得る。CQBは、基本的に、遭遇した相手が敵か味方かを瞬時に区別する必要が生じる。そして、相手と視線をガチンコして引き金を引く。もし、そういう状況に陥ったら、命じておく――。絶対に銃を向けるな！　隠れろ、敵に背中を見せても良いぞ。それで敵は怯むなり、撃つ気力を失うかもしれない。なにしろ、君たちはろくな訓練は受けていない。だが敵はそうではない。初年兵でも、それなりの訓練を経てここにいる。そしてもう一昼夜戦った。

君たちが銃口を向けて引き金を引く三倍のスピードで、敵は引き金を引いてくる。勝ち目は無い。

だから、敵の顔が見えたら、一にも二にも隠れろ！　英雄になろうなどと考えるな」

　壁際に沿っての訓練が終わると、広大な滑走路側に出ての訓練だ。普段、旅客機が止まっている所に、あちこち孔が掘られ、自分らが作った土嚢で防御陣地が設営されている。

　そして滑走路の向こうには、塹壕が縦横に掘り巡らされていた。塹壕の設営は、ショベルカーで今も続けられている。

　二メートル近い深さの塹壕だった。一歩降りると、這い上がる場所も無かった。しかも足下は、水が出ている。深さ二〇センチほどの水たまりが出来ていた。

「西部戦線へようこそ！――」

　と教頭は、梯子を伝ってその中に降りた。

「第一次世界大戦、ドイツ軍と英仏両軍は、こういう塹壕を何百キロ何千キロも掘り巡らせて、何年も睨み合って戦った」

　教頭は梯子をまた上がると、少年らに塹壕に降りるよう命じた。

「先頭の者だけが銃を持て！　分隊長はその背後に。いざとなったら、先頭の兵士を盾にしろ。そしてここでは、逃げ場も隠れ場所もないから、敵が現れたと思ったら、基本的に撃つしかない。さあ歩け歩け！」

　と上から命じた。生徒の移動に合わせて教頭も移動した。

「ただし、塹壕というのは、真っ直ぐ掘られることはない。槍と刀で戦っていた時代から、その辺りのことはよく考えられていた。くねくね曲がっているし、弾薬箱を置くための少し広めの空間も作ってある。もし隠れる余裕があったらそうすべきだな。銃座を作るための足場もあるだろう。応戦する時は、そういう足場に乗って頭と銃だけを地面に出す。その状況を記憶して理解しろ。もし本当に君らに戦わせることになったら、こういうところに配置して、左右何百メートルの幅を死守しろ！　と命令が出される。君らは、銃で撃たれ、足下のドブで溺れ死ぬクラスメートの死体を踏んで戦うことになる。それが戦場だ」

戦場ツアーは、九〇分のメニューだったが、ターミナル・ビルに戻った時は、皆グーの音も出なかった。服は泥だらけ、足下のスニーカーの中では、水がジャブジャブジャブ音を出している。戻った途端、塹壕足を防ぐために、靴下を脱ぐよう命じられた。裸足で過ごしても良いぞとも。

着替えが届くと聞いていたが、コンビニ部隊が襲撃を受けたそうで、午後以降の補給の目処は立っていなかった。

第1ターミナル前の陣地に戻ると、皆、やってらんねぇ……、とぼやきながら土嚢を積み上げて作っためいめい自分専用の椅子に腰を降ろした。

「全員！　座る前にまず銃を確認しろ。空のマガジンをいったん外し、チャンバーに銃弾が無いことを必ず確認しろ！　そういう事故は軍隊でも警察でも多い。弾が入っていないはずの銃の引き金にうっかり触れてバン！　という事故がな。そもそもマガジンは空だったし、弾なんか込めてないだろう？　と思っても確認する癖を付けろ。戦場の事故で死ぬのは恥だぞ」

教頭先生が、分隊ごとに陣地を回って注意を促した。今は、三つの分隊で、土嚢の製造作業場を三箇所回している。その作業場は、そのまま防御陣地にもなっていた。

「分隊長は、全員の精神状態と健康に気を配れよ！」

分隊長に任命された高文迪《ガオウェンディ》少年が、一人一人の銃のチャンバーを覗き込んで確認した。

「なあ、健祐、分隊長を代わろう！」

「なんでだ？」

依田健祐が嫌だという態度で言った。

「分隊長だから銃を持てないんじゃ、俺の存在価値がない」

「そういう話なのか？」

「二等兵として、先頭で真っ先に撃たれた方がマシだ！」

「ウェンディ、俺たちさ、ぶかぶかの鉄兜を被せられて、それで一時間半も歩き回って、重たいヘルメットに目眩がしてくるほどなのに、でもまだ、防弾チョッキとか貰ってないだろう？　プレート・キャリアとかいう奴。一発食らったら絶対、助からないぞ」

「あれ、郷土防衛隊から貰いたいよな。プレート・キャリアって、ポケットも付いているし。重たいから捨てたというジジイがいっぱいいるんじゃないか？」

「二キロも三キロもあるんだろう？　あんなの着たいか？」

「格好良いじゃん。いずれにしても、お前が分隊長をやれ」

「断る！　これは台湾人の戦争だろう。日本人はただの助っ人だ」

「あ？　それ言って良いのか？　台湾が陥落したら次は沖縄だって騒いでいるのは日本だろう」

「申し訳無いけど、俺、沖縄の安全のために死ねないよ。沖縄県民じゃないから。とにかく、リーダーってのは役得より損の方が大きいんだから。それに、それなんとなく死亡フラッグが立つ案件だよな？」

「とにかく、プレート・キャリアはリクエストしよう。あと、匍匐前進や膝立ち姿勢する時の膝当て肘当てとか。こんなん、兵隊ごっこやらせるなら、まともな戦闘服でも着せってんだよ。俺らジャージー姿で捕虜になったら私兵扱いで銃殺刑だぞ」

「ガキを捕虜にするほど暇じゃないだろう」

コンビニのスタッフが、差し入れの栄養ゼリーを持ってきてくれた。ちょっと小太りの中年女性で、自分と同じくらいの歳の女の子がいるという人だった。

知念ひとみは、写真を何枚か撮らせてくれ、と健祐に言った。

「ねえ、あんたたちこのままだと、ここで死ぬわよ？　今夜中に必ず敵はまた攻めて来る。で、兵隊はもぬけの殻。もうジジイしか残っていない。ここを出たいでしょう？」

「でも誰かがここを守らないと」

「あんたは台湾人じゃない。そんな義理はないわ。みんなの写真をネットに上げます。英語のメッセージを付けて。たぶん、一瞬で世界に拡散する。台湾政府は、子供を戦場で戦わせている。ウクライナですらそんな非道なことはしなかった、と世界から非難されるでしょう。上手くいけば、戦闘がおっ始まる前に脱出できるかも知れない。そうすれば、われわれも貴方を連れて脱出できる。あの南《みなみ》ちゃんがね、貴方がいる限り、ここを動くつもりはないと頑張って……」

「そうなんですか？　赤の他人なのに」

「彼女、津波で一家全員亡くしました」

「津波？　ああ、俺が生まれた頃の東北のあれ。ニュースでしか知らない」

「そう。元気なら、貴方くらいの弟がいたらしいのよ。彼女には知らんふりしてよ。それに、私だって、自分の娘にこんな所にいて欲しいとは思わない。子供が居るべき場所じゃないわ。私ひとりの判断で、勝手にやりますから。貴方は何も聞いてなかったことにしなさい。これが、全員を救う唯一の手段よ。明日では遅い」

「勝手にして下さい。俺たち今、そういうややこしいことを考えるほど頭が動いていないので」

　知念ひとみが、基地仲間でもある普天間の友だちに送った説明文付きの写真は、あっという間に世界を駆け巡った。

　桃園空港を守る少年兵たち――、というキャプションが付いていたが、土嚢を積み上げた円環型の陣地の中で、疲れ果てた少年らが休んでいる。傍らには、骨董品のM‐16。ヘルメットはぶかぶかで、軍靴も防弾チョッキもない。皆泥だらけだった。

　その写真一枚で、台湾政府は苦しい立場に追い込まれたが、総統府は怯まなかった。

「少年らを戦闘に参加させる計画はない。苦しいのは事実だが、世界はこの写真を見て、何を感じるのか？　台湾がそこまで追い込まれている事実を認めるならば、更なる軍事支援を与えるのが筋ではないのか？　われわれは、最後の一人まで戦う。たとえ妊婦だろうと、銃を持てるものは全員戦うだろう――」

　との総統の声明を世界に向けて発表した。

　李冠生《リーグワンション》将軍が、コンビニに怒鳴り込んではきたものの、結果的にお咎めなしだった。それは、国防部が重い腰を上げ、桃園空港に増援を派遣すると決定したからだった。

第四章　メディック

新庄一尉が操縦するEX戦闘機四機は、新竹の手前二〇キロまで接近し、高度一二〇〇〇フィートで、GBU - 53／B〝ストーム・ブレーカー〟滑空爆弾を各四発投下した。

爆弾は、落下しながら主翼を展開し、GPS誘導でターゲットに向かってグライダーのように飛んでいく。

その爆弾が目標に向かっている間にも、何個かの中継ハブが移動していたが、電源が切られることが無かったため、センサー・ドローンは常にその位置を追尾し続け、ターゲットへ向かっている滑空爆弾に位置データと未来予測データを送り続けた。

この滑空爆弾には、移動目標を攻撃する能力があった。それも、周囲の障害物、つまりビルを迂回して角度指定で突っ込めるのだ。

二基がそれら移動中ターゲットと判定されたが、爆弾は最後はほぼ真上から突っ込んで、それを抱えて走っていた兵士ごと吹き飛ばした。

弾頭重量五〇キロの爆発は、一五五ミリ榴弾砲の砲弾とほぼ同じ弾頭重量だ。小直径爆弾とはとても言えない。確かにビル一棟を崩落させるほどではないが、眩しい閃光と空気振動が一斉に拡散し、爆風が通りを駆け抜ける。

着弾はほぼ同時。敵は恐らく、一五五ミリ榴弾砲による砲撃だと錯覚したことだろう。

指揮通信車〝ベス〟の指揮通信コンソールで、センサー・ドローンが、中継用ハブの停止を検知し、そこから先のメッシュネットワークが赤から淡いオレンジ色に変わった。

これは断線しているという意味ではない。子機同士でのネットワークに切り替わってまだ繋がっていることを意味した。だがそれでも、エリアの何割かは完全にブラックアウト状態だった。

「ハブの六割は黙らせました。全体の切断状況としても、三割以上の切断に成功です。EXはまだ近くにいるので、ハブが復活したらまた攻撃を依頼しましょう」

と待田が報告した。

「戦場ではこんなものよね。十分でしょう」

司馬一佐は、王文雄に持って来させた自分用のマグカップで、コーヒーを飲みながら言った。すっかり寛いでいた。

「ねえ、ガル。これ、ブルーマウンテンじゃないわよね？」

「いえ、司馬さん用に真空パックされた奴をホテルから貰いましたから」

「それはたぶん、ブルーマウンテンじゃありません！　ブルーマウンテン・ブレンドです！」

「違いがあるんですか？」

「全く！　庶民てのはこれだから。メーカーは、五一パーセント、ブルーマウンテンの豆を使っていれば、ブルーマウンテン・ブレンドを名乗って良いと勝手なルールで商売しているのよ。貴方たち、百発入りの弾のケースの中で、五一発はバージンだけど、残る四九発は再生カートリッジです、という箱を買う？　そんなものをバージンだと名乗って良いと思う？」

「はあ……。そういうことでしたら、残りのパック、われわれが飲んで良いですか？　ここでは今、その純粋なブルーマウンテン・コーヒーを手に入れるのは、エクスカリバー誘導砲弾を手に入れるより難しいと思いますが？……」

「許せないわ。あのホテルがこんなまがい物を置いていたなんて……」

　待田の背後で、パイプ椅子に座っていた蔡《ツァイ》怡叡《イーレイ》中尉が、何を揉めているのだろう？　といぶかしげな顔をした。コーヒーで揉めているらしいことはわかったが……。

　水分を取れ取れ！　と言われるので、彼女はスポーツドリンクの五〇〇ミリ・ペットボトルをちびちびと飲んでいた。早く味方と合流したいが、その味方兵士が一人もいないのだ。せめてどこかに隠れている兵士の一人くらい出て来ても良さそうなのに。

「大佐、対岸沿いの一掃を、その戦闘機部隊にお願いできますか？　もちろんこちらの味方戦闘機にも参加させますが。頭前渓対岸は、ほとんど耕作地帯で、住宅も僅かです。派手に爆撃しても、付随被害はありません。大規模な爆撃をするなら、今しかない。まず自衛隊の戦闘機で精密攻撃し、その爆煙を目標にして、味方空軍機が爆弾を落とします」

「良いでしょう。その前に、敵を突いて集めさせます。ガル、あの経国《ジングオ》大橋には爆薬はないのね？」

「探った限りはありません。あの橋を落とすだけの爆薬があったら、他に使い道があるでしょう」

「では、爆撃に続いて、橋を渡るように命令して頂戴。あの辺り、高速と交差していて、高架が多いわね」

「はい。さっき、向かっていたハブを一つ潰しました。たぶん小隊規模以上の敵が、あそこに固まっています。ほら……、また一つハブが現れた。時速二〇キロで移動しているから、ドローンですね。中継用のドローンだ。淡水で解放軍が使ったのと同じ止まり木ドローンかも知れない」

「しばらく放っておきなさい。発進した場所を探って。で、ここはストーム・ブレーカーで攻撃して大丈夫よね?」

「台湾は地震が多いからそれなりに頑丈な作りだとは思いますが。ストーム・ブレーカーなら、橋脚と橋脚の隙間でも狙えます。でも、ハイドラのロケット弾攻撃が良いんじゃないですか? 破片効果だけで、橋を破壊せずに歩兵だけ排除できます」

「では、対戦車ヘリに任せなさい。味方部隊は?」

「ビルに取り付いて登っている所です。橋の麓の警察署、隣の高層アパートと、その西側にあるのは、高さはないが、裁判所ですかね。覗きますか?」

「いえ。良い。敵の配置に集中しなさい。警察署があるのに、お巡りさんはどこにいったのかしら……」

「敵は、川沿いに走る高速高架下に集結している様子です。味方に反応を探らせて、ストーム・ブレーカーで潰しましょう」

「敵が黙って渡らせてくれる可能性があると思う?」

「ないでしょう。いくら郷土防衛隊といえども、いったん街中へ入らせたら、混戦になる。敵はより遠くで叩けの鉄則通りだと思いますね」

司馬は、「まあどうせ使い捨てだし……」と漏らした。

原田一尉は、警察署裏側の林の中にいた。スキャン・イーグルの映像をタブレットで観察しながら、味方が配置に就くのを待っていた。自分は今、一〇個小隊以上もの部隊を動かしているという事実をなかなか受け入れられなかった。

川のこちら側、今は両翼一〇〇〇メートルほどに部隊が拡がっている。各小隊長の位置は把握していた。MANETを展開しているわけではないが、それぞれの位置情報がたまに発信されるのだ。

「リザード、様子はどうだ？」無線で呼びかけた。

「せめて二〇分、貰えたら、それなりの銃座を用意できますが？」

「ないな。こちらが戦える相手だということを誇示しなきゃならない。始めてくれ」

「了解です」

田口は、自分の小隊をアパートの上の階へと登らせ、自分は三階の部屋へと入った。ファミリーの部屋だったのか、子供の写真と、ぬいぐるみが多い。玄関のドアは鍵が掛かっていたので、賊が押し入るようなことは無かったのだろう。

だが、川を眺めるベランダ側の窓には複数の銃痕があった。

川が見えるリビングに出る時は、銃を引きずりながら匍匐した。

「高そうな部屋だ……」と比嘉が隣のベッドルームからベランダへ出ようとする。

「上層階ほどじゃないだろうが、この眺めだと、良い値段だろうな。日本円なら、億超えは間違いない」

「こんな地方で？」

「台湾人の給料はとっくに日本人を抜いたんだ。俺たちは、日本人より豊かな暮らしをしている台湾を助けに来た」

「そんなに金持ちなら、傭兵でも雇えば良いのに」

「この戦争が長引くようならそうなるだろうな。

今頃、アメリカやヨーロッパでスカウトしているんじゃないか？　ウクライナと違って大金を出せる」

田口は、ガラスカッターでほんの一〇センチほど、窓ガラスを切り取った。銃口が出て、スコープを覗ける程度の孔だった。

ＤＳＲ‐１狙撃銃のバイポッドを立て、338ラプア・マグナム弾のマガジンを装塡する。

「レーザー・デジグネータ待機、ＧＭ６待機！」

隣の部屋から比嘉が報告する。

田口は、ウォーキートーキーでシバ伍長を呼び出した。

「ヘネシー、こちらリザード。始めて下さい。派手に」

「了解リザード」

「ヘネシーって、高いですよね……」と隣の部屋が比嘉がぼやいた。


「さあ、俺は、あの手のブランデーは飲まないからなぁ。ビールで十分だ」

上の階から、発砲が始まった。連射はするな、と命じてあった。敵は対岸の高架下の藪に潜んでいるから、その辺りを狙って撃て。ただし、対岸まで七〇〇メートルもあり、アサルトの弾は、しょんべん弾になってまず当たらない。

こんな距離でアサルトを乱射してくる素人部隊だとの印象を相手に与えるのが目的だった。もし相手が反応するようなら、田口がラプア弾で潰すことになっていた。

四〇名の兵士が、上の階で一斉に銃撃を開始し、さらに両側の建物からも発砲が開始された。

「反撃は何だと思う？」

田口は、スコープを調整しながら比嘉に聞いた。

「ロケット・ランチャーで一発脅すか、軽機や重機でそれなりの制圧を狙ってくるか。それとも両方か……」

　二〇秒ほどして反撃があった。ロケット弾だった。距離を考えると、ＰＦ‐98ロケット弾だろう。警察署の二階に命中した。

　だが、その次の攻撃の方がやっかいだった。擲弾発射基だった。

「なんだ？　あれは」

「ＬＧ5、対物擲弾銃でしょう。ここなら十分届く。だが撃っているのはどこだ？」

　擲弾が上の階に命中して次々と爆発する。悲鳴が聞こえてきた。スナイパー・グレネードとも呼ばれる凶悪な兵器だった。一千メートル離れて装甲車の前面装甲を易々と撃ち抜く。

「あんな重たいものを持って降りてきたのか……」

「ああ、見えた！　すげえなぁ。高架と高架の隙間から撃ってくる。隙間はたぶん五〇センチもない」

　田口は、ゆっくりと姿勢をずらして、その方角を覗いた。南北の高速が複雑に交差している所だ。まるで要塞の覗き穴のような場所から撃ち込んでくる。

「見えた！――」

　ゆっくりと引き金を絞った。マズル・フラッシュはサプレッサーからも出る。だが、他の階の発砲に紛れるはずだ。敵兵が仰け反るのがわかったが、すぐ隣の兵士が銃を担いで暗闇へと消えた。

「ストーム・ブレーカーやロケット弾はまだなのか？」

　上の階から「撃たれた！　撃たれた」と悲鳴が聞こえてくる。だが今は構っている暇は無かった。

「メディックを呼びますか？」

　原田小隊長との無線回線は二人しか持っていない。

「あの人、自分で駆けつけるからさ。一段落してからで良い」

今度は、対岸の高架下から軽機関銃と重機関銃による制圧射撃が始まった。容赦無く弾が飛び込んでくる。窓ガラスが割れて、頭上からガラス片が降ってくる。

「滑空爆弾、来るんだろうな！……」

と比嘉がぼやいた。座標は、ガルがスキャン・イーグルで抑えているはずだ。問題は、滑空爆弾は、ミサイルほど早くはないということか。あくまでもグライダーみたいなものだ。

「こりゃ、流れ弾に当たるぞ……」

味方の発砲もぴたりと止んだ。こちらが撃ち始めてから五分は経過している。そして敵は、二分近く、好き放題に撃ちまくってきた。

「奴ら、弾はふんだんにあるぞ……。本当に補給があるんだな」

だが、その攻撃は三分とは続かなかった。

高架道路の地面部分に向かって、ストーム・ブレーカーが次々と命中し始めた。ほぼ五〇メートル置きに、四〇発の滑空爆弾が命中する。まるでライン攻撃だった。一直線に、東西二キロにわたって、対岸に爆弾が命中したのだ。完璧なまでに等間隔だった。

対岸を巨大な埃が覆い尽くす。あとは、対岸の橋の付け根だった。

AH‐64E〝アパッチ・ガーディアン〟戦闘ヘリコプターが飛んで来て、山側からハイドラ70ロケット弾を全弾発射した。その爆煙が収まらないうちに、今度は下流側からもう一機が飛来して同じ場所にまたロケット弾を叩き込む。

ヘリは、そのままゆっくりと後退したが、まだしばらく付近に留まる様子だった。

警察署の奥に待機していた小隊が前進を開始す

る。皆走っていた。一番乗りには、一万米ドルのボーナスが出るらしいという噂を、王文雄少佐が流したせいだった。

「ヤンバル、負傷者を診てこい！」

「酷かったらメディックを呼ぶんですね？」

「だからあの人はそれ所じゃないだろう。お前の技術で十分だ。俺はしばらくここで味方を援護する」

原田一尉は、その頃、警察署の一階で、負傷兵の処置に当たっていた。全小隊長に被害報告を求めた。台湾人兵士、三名が戦死。六名が重傷だった。

田口の部隊でも、二名が戦場離脱を強いられる重傷を負っていた。幸い、戦死者は出なかった。上の階で、比嘉は負傷兵の手当をした後、食器棚の扉を使って担架を作らせて下へと降ろさせた。

ついている奴らだと比嘉は思った。これで名誉の負傷、戦場に出ることはもうない。この戦争が負けようが勝とうが、彼らが死ぬことはもうないのだ。そして勝てば英雄として国家から讃えられる。

最初の部隊が対岸に取り付き、周囲の安全を確保する。解放軍の空挺兵は酷い状況だった。半数は戦死している。生き残った者も、酷い怪我だった。

だが、敵も攻撃を止めたわけではなかった。爆煙が徐々に収まると、七〇〇メートルの長さの橋を渡ってくる敵に対して、対物擲弾銃で撃ってきた。

味方が一斉に伏せる。戦闘ヘリが戻ってくる。胴体側面になぜか旭日旗模様の迷彩があるガーディアン戦闘ヘリが飛んで来て、三〇ミリ・チェーンガンでなぎ倒す。そこで、藪が裸になるのがわかった。まるで芝刈り機で払ったように綺麗になった。

　ガーディアン戦闘ヘリは、MANPADSの攻撃を恐れて極端に高度を下げ、水面すれすれを山側へと回避していく。

　それでも敵は攻撃を止めなかった。新手の敵がやや下流側の高架下に現れ、対岸へ向けてロケット弾を撃ち込んでくる。

　ガーディアン戦闘ヘリがまた戻って来たと思ったが、突然、別の機体が現れた。ど派手な紅白旭日旗模様を機体に描いたイーグル戦闘機が爆音を轟かせながら突っ込んで来て、二〇ミリ・バルカン砲で辺りを掃討し、一瞬で駆け抜けていく。アフターバーナーを点火し、北へと急旋回して去って行った。

　地上の兵士らは、その攻撃よりも、そのど派手な塗装に口をあんぐりと開けて見送った。

　それは、AH‐64E〝アパッチ・ガーディアン〟戦闘ヘリコプターを操縦する台湾陸軍の藍志玲《ランチーリン》大尉と田子瑜《ティエンズーユイ》少尉のコンビも同様だった。

「今の見ました！」

　と田少尉が首を回して機体を追い掛けた。

「あれ、噂のEXよね？　胴体下面を旭日旗に塗っていた。うちも真似したけれど」

　彼女の機体は、自衛隊機を装うために旭日旗をペイントしたのだった。自衛隊が駆けつけていることを国民にアピールするための偽旗作戦でもあった。

「バージョン・アップしているじゃない！　なんだかヒーロー映画の主役が、次回作でまたパワーアップするみたいな。いったいどういう意図なのかしら……」

「もう弾がありません。いったん引き揚げましょう！」

「了解。すぐ再装填して戻るわよ。新竹は台湾の心臓部。軍に援軍を出す余力がないのは疑問だわ。そもそもなんで味方の戦闘機は現れないのよ」

二機のアパッチ・ガーディアンは、踵を返して飛び去った。


田口と比嘉は、部隊をアパートから降ろし、橋を渡りに掛かった。途中、警察署に顔を出すと、原田が、負傷兵に馬乗りになって心臓マッサージを行っていた。

腰の辺りに血溜まりが出来ている。たぶん大腿動脈損傷だ。

田口は、「小隊長、そろそろ行かないと?」と呼びかけた。

「今、車を待っている所なんだ。救急車かトラックが来てくれるはずだ!」

「残念ですが、小隊長。彼は助かりません。近くに野戦病院があって、輸血用の血液パックがふんだんにあるならともかく……」

「いや、桃園まで戻れば……。救急車内でも輸血はできる。今、指揮車に置いた合成血液を持って来させている所だ。止血はした。彼は助かる!」

原田は、普段は滅多に見せない形相で田口を睨み付けた。

「この辺りに、二個小隊をパトロール部隊として残しますが良いですか?」

「任せる!　ファームの部隊も下流で橋を渡ったはずだ。対岸を掃討して合流してくれ」

「小隊長、心臓マッサージも、アンビューバッグも、貴方がするようなことじゃない」

「でも、輸血は僕でなきゃ出来ないよね!――」

原田は、真っ赤な手でアンビューバッグを握りながら言った。

蔡怡叡中尉が、ザックを背負って駆け込んで来た。

「間に合いましたか！」

「間に合ったと思うけれど……」

と原田が注射針を首に刺して合成血液の白いパックをゆっくりと握りしめた。半分ほど潰してから、ＡＥＤを使った。二度ＡＥＤを操作して、微かな心音が戻って来た。何かのマジックを見ているようだった。

「助かる！　これで助かるぞ！――」

負傷兵を囲む台湾兵らが、拍手をして喜んだ。

「救急車が向かっています！　桃園へ向かっていた患者を途中で降ろして向かっているそうです」

「血管形成医とまともな外傷外科医がいれば彼は助かる。片足をちょっと引きずるかも知れないが……」

「お見事です、小隊長。では、川を渡りましょう！」

「ああ、先に行ってくれ。いろいろ指示して追い掛ける」

「すみません！　空軍を呼んだのですが……」

と蔡中尉が詫びた。

「海峡の制空権を維持するのが最優先だとかで……」

田口は、なんで俺が小隊長のお守りなんか……、と胸の内でぼやいた。比嘉も引き返してその奇跡を見守っていた。

田口は、蔡中尉を促して外へと出た。

「良いじゃないですか。あれがあの人の生き甲斐なんだから」

「部隊の指揮官がするようなことじゃないだろう。ま、どうせ後で司馬さんに絞られるだろうけどさ。だいたい彼ら、ただの捨て駒じゃないか」

田口は畑曹長を無線で呼び出し、パトロール用の二個小隊を差配するよう意見具申した。小隊長殿は多忙だと付け加えて。

司馬は、指揮車両の中で、スキャン・イーグルの映像を見ながら苛ついていた。

ヘッドセットを被って、田口を呼び出した。

「リザード、みんなどこで油を売っているのよ。さっさと橋を渡りなさい！」

「了解しています。各方面の安全を確認中です」

「指揮官は？」

「ええ、任務遂行中です。間もなく合流の予定」

「引き返して撃ち殺して来なさい！　兵隊の命なんざ……」

「でも、台湾人兵士は喜んでいましたよ。助かりそうに無い負傷兵のために尽くす指揮官の姿を見て。たぶん部隊の結束が固まったと思います」

「アホらしい！……」

司馬はヘッドセットを床に投げた。

スキャン・イーグルが、空中を飛んで経国大橋へと向かってくる目標を捉えていた。

例のドローンを内蔵したロケット弾だ。

「全ユニット！　ドローン・ロケットを確認した。警戒せよ！」

「これ、地対空ミサイルを積んでいるのよね？」

「ええ。ドローンも撃墜できますが、うちのスターストリーク・ミサイルで叩き墜すには手遅れですね」

待田が部隊に警告する。ドローン・ディフェンダーを持った台湾人兵士が前へ前へと出る。ロケット弾は、渡り切った先の橋の上でキャニスターを開放し、また三機のドローンが飛び出した。今回も子亀を下げている。

「やっぱりだ！　このドローンには、ドローン・ディフェンダーが効かないぞ……」

「なんでよ？　あんなに小さいのに回路やコーティングでどうにかなるものなの？」

「もう少しサイズがあれば。ガチガチにコーティングして、オフライン前提で飛べば、ある程度回避はできるでしょうが」

「全ユニット！　ソフトキル不可能なドローンが飛んでいる。ショットガンで叩き墜せ！」

二機は、ショットガンで撃墜できた。だが、子機の地上型は、そのまま藪の中に墜落して見えなくなった。

最後の一機は、ロケット弾で路面が孔だらけの橋の上に子機を降ろした直後、アサルトでバラバラに弾け飛んだ。

だが、子機は、その孔だらけの路面を猛スピードで向かってくる。何しろ速度があるので、障害物に引っかかる度、前方へひっくり返りながら向かってくる。ちょっとでも綺麗な路面があると、右へ左へと針路を変えた。

四人掛かりで、アサルトを連射する。たぶん一〇〇発近くを撃ってようやくそのドローンを機能停止に追い込んだ。

やっかいこの上無いおもちゃだった。

「敵の包囲網まで、まだ二キロはあるわよ。急がせて。ここまで接近しても、まだ味方と接触できないなんて、まるで秀吉の毛利攻めみたいじゃない。どこかに脱出路くらいあるでしょうに」

敵が後退していることがわかった。包囲したリング状のラインまで徐々に後退していた。

「どこまで突っ込ませる？」

「壁の手前に、変電所があります。たぶん敵はあれを盾にするでしょう。迂闊にあそこを攻撃したら、この街の工場は一年は運転できないから。あそこを迂回して、両翼から攻めると見せかけて、まずは中の状況を確認すべきかと。どこか一箇所突破して、味方と接触しましょう。生きていればの話ですが」

「生存者がいない可能性はあるの？」

「ありますよね。解放軍は、別に立て籠もった台湾軍を包囲しているわけではなく、無傷で占領したいエリアをただ包囲して守っているだけなのかも知れない。路上には、そこいら中に敵味方の死体が転がっているし。無線での呼びかけもなければ、応答もないというのはさすがに変でしょう。いくら総崩れになったとしても」

「あり得ないわよ。正規軍に、桃園から送った郷土防衛隊は大隊規模よ？　それが一晩持たなかったなんて。たかが空挺兵相手に」

「味方と接触すれば、何かわかるでしょう。センサー・ドローンで、あのサークルの中で電波発信がないか探ってみます」

サイエンスパークまでもう目と鼻の先だった。

だが、こちらの攻撃に呼応する動きもなかった。まるで、そこだけブラックホールになったような感じだった。いったい、あの中で何が起こっているのか……。

サイレント・コアを率いる土門康平《どもんこうへい》陸将補は、いろいろあって、今は水陸機動団の団長も兼ねていた。台湾南部の高雄・左営に上陸した彼らは、戦車部隊と長距離野砲部隊を率いて前進し、濁水渓周辺を占領する解放軍部隊を撃破して北上中だった。

最後の大きな攻防は、二水《アーシュイ》で発生した。ホバーバイクの奇をてらった攻撃で、戦車一両と、随伴していた四名の隊員が犠牲になった。正確に言えば、一〇式戦車の搭乗員は助かったが、車体はサーモバリック弾で焼かれて黒焦げになった。

だが、敵の抵抗は、そこまでだった。勝ち目がないと悟ったのか、残存部隊は徒歩や奪った車両、あるいは電動キックボードで後退し続け、彼らの進撃を阻むものはいなかった。

自衛隊と台湾軍合同部隊は、山側を走る1号線と、海岸線沿いの二手に分かれ、台中市手前の彰化《ジャンファ》県手前で合流した。ここは、事実上、台中市のベッドタウンのようなもので、川を一本渡れば台中市だ。

部隊は、彰化市の中心部西側を走る1号線上で数珠つなぎになって渋滞を起こしていた。解放軍の足止め部隊が抵抗していたためだった。

すでに勝敗は付いている。兵力差を考えれば、抵抗は無意味だったが、台中市の守りを固めるだけの時間が欲しいのだろう。

土門は、連結使用型指揮通信車・通称〝メグ〟&〝ジョー〟の指揮車両に乗っていた。全長一二メートルもあるウイング・タイプの大型車だ。コンテナの〝ベス〟ほど大きくはないが、連結させることで、隊員の塒《ねぐら》にもなる。〝ベス〟は、屋根裏に窮屈な蚕棚スペースあるだけだが、居住ブロックの〝ジョー〟には常設の三段ベッドやくつろげるキッチン・スペースもあった。

「それで、第10軍団はどこに指揮所を構えたの？」

と土門は、第10軍団からオブザーバーとして派遣されてきた第10軍団作戦参謀次長の頼若英《ライルオイン》中佐に北京語で聞いた。オブザーバーと言えば聞こえは良いが、体の良い厄介払いだった。土門が見るに、彼女は有能で、仕事熱心すぎる面があった。

「街を挟んで丁度反対側の建国科技大学《ジェングオ》ですね。もう山側になりますが、グラウンドや体育館もあって、部隊集結に適しています。施設も広大で、軍がそこにいることはわかっても、ドローンやスパイ衛星で指揮所の在処を探すのはことです。万一、敵の奇襲を受けても、山へ逃げ込めば良い」

「なるほど。貴方のボスは、慎重派のようだね？」

「いえ、それほどでもありません。臆病なだけです。何しろ、濁水渓では、指揮所を完全包囲され、あとはピストルを抜いて自決するしかない所まで追い込まれましたから」

「ああ、あの時ね……」

　空自ＯＢの前線航空管制官の尊い犠牲と、原田小隊の活躍で救われたのだ。

「言いにくいけれど、別に無能ではないんだよね？」

「上司の評価はしません。察して下さいとしか……」

「わかった。では今のうちに聞いておきたいけれど、われわれは何をすべき？」

「まずは対岸に渡りましょう。対岸に留まっている敵を砲撃で一掃して渡ります。付随被害の心配は無用です。あの辺りはもうとっくに瓦礫の山ですから」

　それは、彼女が命じて行ったことだった。苦い想い出だった。あれからもう何年も経ったような気がするが、まだほんの二日三日前の出来事だ。高層アパート群から住民が避難できないことを知っていて戦車部隊に砲撃を命じた。

　左端のモニターに、新竹の状況を映すスキャン・イーグルの映像が映っていた。橋の上を、雪崩をうつように兵士たちが走っていた。

「経国大橋を渡りきりましたね！」

「うん。ああいう無謀な部隊編成が成功するとは思えないけどね」

「そうですか？　実は私も、同じことを考えていたんです。皆さんの個人装備なら、一個中隊くらいコマンド一人に預けても、それなりの戦果を得られるだろうと」

「特殊部隊は、そういう前提で編成されているわけじゃない。うちは、グリーンベレーとは違う。彼らならそういうことは得意だろうが」

前方で、10式戦車が一両立ち往生していた。その横を抜けようとしたが、車長席から誰かが降りて来て指揮車の前に立ち塞がった。

「ま、でも戦車部隊は良く付いて来ているよ。知っての通り、現代の戦車は重すぎる。路面を長い時間走るようには出来ていないからね」

西部方面戦車隊を率いる舟木《ふなき》一徹《いってつ》一佐が後ろのハッチをドンドン！　と叩いた。

「開けて良いんですか？」と姜彩夏三佐が聞いた。

「君、相手をする？」

「指揮系統が違いますから」と姜三佐はきっぱりと断った。

「開けてやれ！——」

舟木一佐が乗り込んでくる。

「舟木さん、これただの物流会社の大型トラックという設定なんだから、困るよ。こんな道のど真ん中で止められても」

「何言ってんですか？　軽装甲機動車やブッシュマスターに前後を守られている車両を誰が民間トラックだと勘違いするものですか。どこかに敵の戦車はいないんですか？　装甲車でも良い」

「いないと思うよ。第2梯団は、車両の揚陸には失敗したから」

「仇を討たせて下さい！」

「戦死したのは歩兵であって、戦車兵じゃないよね？　それに、街中を前進中に歩兵の盾になるだけでも役に立つじゃないか？」

「それじゃ駄目なんです！　馬鹿な財務官僚に、戦車がきちんと役に立っていることを証明しないと！」

「なら、後で、戦車跨乗《タンク・デサント》の記念写真とか撮って、財務省にメールしてやれば良いじゃない？」

「いえ、ちゃんと、私が財務省に乗り込んで、斯く斯く然々の状況で、わが戦車部隊が突破口を開いて勝利に導いた！　ということを説明できなきゃ駄目なんです」

「台中市庁舎を砲撃するとか、見せ場を作ってくれるよう台湾側に要請するから。だいたい無理があるよね。敵は、ホバーバイクなんてものに乗って空から仕掛けてくるのに、戦車とかさぁ……。いや私は、何度も言うように、一〇式好きだよ？　大好き。だけど、敵に装甲車両がいないんじゃ、舟木さんが欲しがるような派手な戦いにはならないでしょう」

「それを演出するのが指揮官てものですよね！　見せ場がないなら、このまま新竹までつっ走らせて下さい」

「わかったよ。敵がいつ反撃に転ずるかわからない。立ち止まらずに前進しよう！」

　そもそも、なんで戦車なんぞ連れて来たんだよ、と土門は後悔した。敵が万一、戦車の揚陸に成功した所で、対戦車ミサイルで潰せば済む話だろうに……。

　軍人が自分の兵科の存在意義を強調しだしたら、その部隊はもう時代錯誤ってことだな、と土門は思った。それとは別に、一〇式戦車は良い戦車だ！　たとえ紙装甲でも……。

　原田一尉は、橋を渡り切ってしばらく立ち竦んだ。橋の下に、そこいら中に負傷兵がいた。死体と負傷兵と半々だ。

　早速トリアージを開始するため、高架の下へ自ら降りようとした。

「誰かロープをくれ！――。ここを通り過ぎるのは国際法違反だ。われわれには、負傷兵救出の義務がある」

　さっきとは正反対に、田口が同意した。台湾兵のザックからロープを出して、ぐにゃりと折れ曲がった照明の柱に結んだ。

「リザードはこういうの賛成しないんじゃなかったのか？」と原田が意外そうな顔で聞いてきた。

「自分で言うのも何ですけどね、あとで司馬さんにどやされますよ。でも、さっきの隊長の行動を見て、思ったんです。戦場で手本を示すのも、われわれの義務だとね。自分で言いながら歯が浮きますが……。でも、ここに潜んでいたのが、ほんの一個小隊なら、半分は死んでいる。ということは、負傷兵はほんの一〇名前後でしょう。そして解放軍兵士は、今や世界で一番進化した救命キットを装備している。彼らに自分のものを使わせれば良い」

田口は、腰のカラビナにロープを通した。

「あの人が聞いたら、俺たちこの場で撃ち殺されますよ？」

と比嘉が漏らした。

「あの人？　ああ、あの人か……。客船でMERSに感染したんだろう。もう回復したのかな」

「まあ、感染症くらいじゃ死なん人ですよね……」

まず田口が藪の中に降りて、原田が続いた。酷い状況だった。藪というか、もう藪は無い。爆風で、そこが藪だったことがわかる程度だ。コンクリ片の粉が地面に降り注いでいるが、その中に兵士が埋もれていた。そこに兵士がいるというのは、赤い鮮血が、そのコンクリ片を染めているからわかることだ。

原田が一人一人バイタルを確認する。上から、比嘉がサポートして台湾軍兵士を何人も降ろしてやった。

田口は、自分に一番近い負傷兵を診てやった。まだ息はあるものの、自分に出来ることはなさそうだった。顎は吹き飛び、顔の半分が裂けている。

拍動がある度に、鮮血がぴゅーとあちこちに飛び出る。田口は、その兵士の救急キットから、フェンタニルのキャンディを出して口に咥えさせてやった。

橋脚の影で何かがさごそ動く気配がした。野良犬か何かだろうかと思った。飼い主がペットを置いたまま避難したせいで、野良犬が増えていた。だが、地面に降り積もった埃を跳ね上げたことで、何が蠢いているのかわかった。

ホルスターからモスキート・オートマチックを抜いて身構えた。その瞬間、五メートルほど離れた瓦礫の山から、そいつがジャンプした。

ジャンプして飛びかかって来る。ピストルで撃ってどうにかなる距離では無かった。

田口は、両手でそのドローンを摑んだ。構造は単純だ。要は、手榴弾のリリースを阻止すれば良いのだ。

手榴弾を慎重に取り出すと、レバーが跳ねないよう、兵隊の包帯でぐるぐる巻きにして地面に置いた。

「小隊長！　自爆型ドローンがいます。気をつけて下さい。さっきの奴だとすると、もう一台、この辺りを走り回っているはずだ」

「そんな瓦礫の山でも走れるの？　凄いね」

救えそうなのは五人。他は駄目だった。救える者は、担架に乗せて運び、駄目そうなものは、一箇所に集めた。彼らのケアに、四人の兵士を指名した。

道路へと戻ると、最前線へ出ていた王少佐が戻って来た。前方で、激しい銃撃戦が起こっていた。だがここからまだそれなりの距離がありそうだった。

「敵はだいぶ分厚いですね」

「彼らの装備。マガジンがまだ四本も五本も残っている。あり得ないですよ。一晩戦ってその本数なんて」

原田は、交戦状態の前方から呼び出されて駆け出した。あっという間に負傷兵の山が出来そうだった。攻勢を掛ける前に一度立ち止まって、作戦を組み立てる必要があった。

焦りは禁物だ。だが、ここでこういう状況だと、もしサイエンスパークの中に生存者がいたら、中はもっと酷い状況だろう。医療を必要としている兵士がいるはずだった。

第五章　素人集団

沖縄下地島空港には、奄美空港から移設したエアドーム・テントが立ち上がっていた。ターミナル・ビルを挟んで滑走路とは反対側に設置されていた。

そして、数々の防空ユニットも展開していた。弾道弾迎撃用にペトリのPAC3、改良型の03式中距離地対空誘導弾、ドローン迎撃用のIM－SHORADは米軍が提供してくれた。そして、島の周囲は、哨戒機が煩く飛び回っている。常に二機のSH－60K哨戒ヘリと、陸自隊員を乗せたUH－60J〝ブラックホーク〟汎用ヘリも二機。海保のヘリはもとより、その外周、水平線ぎりぎりの距離では、海自のP－3C哨戒機がこれも二機、敵の潜水艦や小型無人艇を見張っていた。

滑走路上では、着陸してきた米空軍のC－17A大型輸送機から、荷物を降ろす作業が始まっていた。四機が降りていた。彼らと一緒に嘉手納から飛んで来たオリバー・R・エバンズ空軍中佐は、第18戦闘航空団の作戦参謀であり、EX戦闘機のインストラクターでもあった。

百里基地で編成された第三〇七臨時飛行隊に乗り込み、まだ機体も届かない状態で、空自パイロットにEXの操縦方法を教育してくれたのだ。

エアドーム・テントのブリーフィング・ルーム

で、エバンズ中佐は、まず飛行隊の戦果を讃えた後、この作戦に関して説明した。

「EXを受領した頃、われわれは押されっ放しで、パイロットたちは、滑走路に降りてもトイレに行く暇すら無かった。だが状況は逆転した。私は、戦術論は得意ではないが、ここで重要なことは、敵を同じ状況に追い込むことだ。眠らせず、休ませず、敵の攻勢はいつ起こるかわからない、いつ仕掛けられるか油断出来ない、という教訓を与えて、敵を疲弊させる。精神的にも体力的にも。そうすれば、ミスが増え、彼らは自滅する。

この〝カウンター・アロー〟作戦の目的は二つ。われわれが今や、戦争の主導権を握り、いつでも好きな時に、大陸上空へと侵攻反撃できることを誇示すること。第二に、沿岸部に引き込んだ敵艦隊を、少しだけ削ってやることだ。少しだけ……。全部ではない」

皆に失望の気配が漂った。

「済まない。その辺りのことは、私も納得しているわけじゃない……。この時間帯を選んだのは、まず、これは昼間より暗くなってからの方が効果がある。肉眼で見えないというのは大きい。昨夜は、夜明け直前の、いかにもという時間帯だった。敵は、今夜もそういう時間帯に警戒度を高めるだろう。その裏を掻いて早めに仕掛ける。

ADM-160〝MALD〟で仕掛ける。以前、空自のパイロットに、この〝MALD〟の日本語訳に関して尋ねたら、日本語に訳するとあまり格好良い響きにはならないと聞いた。だから、単にデコイ&ジャマーということにさせてもらう。空中発射型小型デコイだ。ドローンでは無い。デザインは巡航ミサイルそのものだが、速度は、それより若干上回る。ただし、飛行時間は一時間ほどしかない。これをEXで各機一二発ずつぶら下げて

台湾海峡まで飛んでもらう。二機編隊で、一個飛行隊分のデコイを投射できる。このデコイは、わがアメリカ空軍が保有するほぼ全ての作戦機を偽装できる。F‐16戦闘機からB‐52爆撃機に至るまで。もちろん、巡航ミサイルそのものを偽装することも可能だ。あるいは対艦ミサイルを。飛行中はデータリンクで発射母機他とつながり、飛行コース他の小さな修正も可能だ。挙動不審な戦闘機を装うことができるし、あるいは、そのデコイが、ミサイルを撃ったようにも偽装できる。これを君たちのEXで発射してもらう。その総数は、合計で二四〇発を超えるな。

敵はつまり、それだけの数の敵戦闘機が一斉に襲ってきたものと錯覚することになる。この数は、航空自衛隊と台湾空軍の、ほぼ飛べる状態の最新鋭戦闘機の総数に匹敵する。敵はこれらミサイルの迎撃に忙殺され、それを叩き墜すための貴重なミサイルを損耗することになる。そして、これは第三のささやかな目的でもあるが、君たちが出撃している間、味方の戦闘機とパイロットは、基地で休息と整備を受けられる。ミサイルヲ、オ届ケスルダケノ、簡単ナ、オ仕事デス――」

日本人の妻がいる中佐は、最後をおどけた日本語で締めくくった。

「グラウラーでは駄目なんですか？」

と最前列に座る新庄一尉が聞いた。

「おお！　いきなり核心の質問だな。もちろん、EA‐18G〝グラウラー〟電子戦機でも出来る。だが、知っての通りグラウラーはステルスではない。敵の攻撃を惹き付けつつという作戦には不向きだ。かと言ってF‐35戦闘機、あれも立派な電子戦機だが、あれ単体でMALDを搭載するには、ペイロードが小さすぎる。大量のデコイを運べて、自機防御能力も併せ持つ戦闘機として、数もある

EXは最適ということになる」

「ただ囮を放って引き返すだけ？」

「もちろん君たちの背後から、台湾空軍のF‐16V戦闘機が、地上攻撃ミサイルを抱いて続く。米空軍のB‐52、B‐1、B‐2爆撃機も、飛んで来て、ミサイルを放つかもしれないが、例によって詳細は聞かされていない。私が得た感触では、また駆逐艦やフリゲイトを一、二隻沈めることになるだろう。解放軍は、破壊された飛行場の再建にも忙しく、恐らく日没の頃には作業は一段落するだろうが、レーダー・サイトを含めて、再び攻撃されることになる。彼らの再建の意図を挫くのも目的だ。しばらく敵の攻撃はないはずだ、今の内に破壊された滑走路を再建だ！　復旧した滑走路に一番機が降りて来るぞ！　となった時、だが突っ込んでくるのはこちらのミサイルだ」

「このMALDって、機密の塊ですよね？　敵に捕獲されても問題ないのですか？」

「最新型のMALD‐Xを使用する。もちろん敵に奪われてはまずい。自爆機能ももちろん持っているが、撃墜されたパーツを拾われても問題はないのか？　まず、飛行機としてのこのミサイルにさしたる機密性はない。航法コンピュータに関しても。だが、デコイの心臓部部分に関しては別だ。絶対に渡せない。自己破壊プログラムが内蔵されている。過度な衝撃やGを受けた場合は、撃墜された、あるいは地上に激突したと自己判断され、ある程度保護されたケースの中で、それが動くんだろう。硫酸で基板を溶かすとか、パワーサージで基板を焼き切るとか、もっと確実に一瞬で消去プログラムが走るとか。これは私の勝手な推測だけどね。とにかく、敵に奪われても、肝心の部分が解析される心配はないそうだ。敵はプログラムに触れない。新品のMALDをそのまま中露にプレゼントしても問題はないという話を聞いたことがある。飛行隊長殿から、何か補足はあるかな?」

　とエバンズ中佐は、日高二佐に譲った。

「一点だけ。もうひとつ作戦意図というか、目的を付け加えたい……」

　日高は、スクリーンに衛星写真を何枚か表示させた。

「知っての通り、東海艦隊にしても南海艦隊にしても沿岸部河川の奥に引き籠もって、哨戒活動すらしていないわけだが、揚陸部隊は違う。ドック型揚陸艦、歩兵を運ぶ輸送艦、行動は賑やかだ。フェリーや輸送艦に乗ったままの兵士らは、降ろされた形跡がない。そして、戦車は、沿岸部の無人島を使い、上陸訓練を繰り返している。これは、感染症蔓延の対策のひとつとも取れるだろうが、一方で、第3梯団揚陸の野望は捨てていないぞ、という意思表示でもあろうと思う。事実、そうなのか、単なるブラフかはわからない。それに対する、われわれの警告の意味も含んでいると思ってくれ。では、何も無ければ、いったん解散する。離陸までに、〝MALD〟の運用マニュアルに目を通しておいてくれ」

「ここ、スマホが繋がらないんですけど?」

　と新庄が困った顔をした。

「ああ、まあそれは仕方無いな。家族に無事な連絡でも入れたいか?」

「いえ、でもニュースは知りたいじゃないですか?」

「確か、ターミナル・ビルでは、NHKのBSとCNNが見られるはずだ。それで我慢してくれ」

「新竹の状況はどうですか?」

「台湾軍の対戦車ヘリ部隊で間に合うだろう。残念だが、もう戦闘機の出番はない。ストーム・ブレーカーですら出番はないな。オーバーキルで、半導体工場の施設に被害を及ぼすから。では以上だ」

部屋の灯りが戻ると、エバンス中佐が新庄を呼び止めた。

「アイちゃん、あれ、メッチャ、クールだね！」

と日本語で呼びかけた。

「でも、くれぐれも無理はしないでよ。あんな派手なペイントをしたことで、君は国の威信を背負って飛んでいることになるから。あれが撃墜されたら、敵の士気を上げることになる」

「もちろんです、中佐。われわれは、無茶なことしましたっけ？」

と新庄は、コンビを組むチャン少佐に聞いた。

「まさか！　私、子供がいるんですから。無茶なんてしませんよ、中佐」

とチャンも涼しい顔で応じた。

その派手な機体は、管制塔前に駐められている。降りてきた米空軍の兵士らが、物珍しそうに、その機体の前で記念写真を撮っている。画像がSNSに拡散するのは時間の問題だった。それが中国軍を刺激するのも。


指揮車〝ベス〟は、演習場を出て経国大橋の手前まで来た。橋を渡るべきか否か、そもそも渡れるかどうか調べたが、ロケット弾攻撃を受けた対岸の路面の破損状況が激しく、渡れないことはないが、止めておこうということになった。

〝ベス〟は警察署の正面玄関に入った。

路面にはまだ敵味方の死体も放置されたままだ。ロケット弾によるドローンの投射を阻止するために、地対空ミサイルを装備した〝ベス〟を前進させたかったが、諦めた。

警察署からでも射程圏内ではあるが、ロケット弾の飛翔時間を考慮すると、ここから撃っても間に合わなかった。兵士が持つショットガンで叩き墜すしかなかった。それが無ければ、アサルトの弾を無駄遣いして撃退するしかない。

いざ交戦してみると、この敵の嫌らしさというか、やっかいさが少しずつわかってくる。

王文雄《ワンウェンション》と蔡怡叡《ツァイイーレイ》中尉が、キックボードに乗って戻ってくる。蔡中尉が現れると、その場の会話は、自動的に北京語になった。そういうルールが設けられていた。

「で、どうしましょうか?」

と王が司馬に聞いた。

「貴方はどうしたいのよ?」

「私は、軍人じゃありませんから。こんな格好してても。もし考えがなければ、蔡中尉に提案があるそうですが……」

「とっとと話して!」

「はい、大佐……。ちょっとよろしいですか……」

と蔡は、コンソール・デスクに座って、23インチ・モニターのトラックボール兼用マウスを右手に持った。そして、衛星写真の映像をぐりぐりと動かした。

「ルートが三つあります。このまま真っ直ぐ117号線と、南側の1号線を南下して、真っ直ぐ工業団地へ突っ込むルート。それなりの抵抗が当然予想されます。二案、いったん山側へ迂回して、このごちゃごちゃした住宅街を抜けるルート。CQBのそれなりの技術が要ります。三案目、部隊の最先頭が辿り着いている公道五路二段、ここで、いったん右手に折れて、大学側へと侵攻します。交通大学、さらに右手には精華大学があります。精華大学はうちが本家です!　大陸のはせいぜい分家ですから」

「そうなの？　ルーツは同じ清華学堂。精華大学を名乗ったのも向こうが一〇年早かったと思うけれど」と司馬が突っ込んだ。

「とにかく！　深い森があり、ドローンから目隠しされます。深い森といっても、細い道は走っていて、藪を掻き分ける必要はまずありません。盾となる太い木もあり、それなりの数の歩兵がいれば、横に散開して敵を圧迫しつつ面制圧できます」

「貴方の説明の半分は、その第三案に集中した。そこしかないのでしょう？」

「いいえ。自分は通信が仕事で、作戦のことはまだまだ不勉強ですので、そこはベテランの大佐殿のご判断を頂かないと……」

「私の専門は、ただの人殺しであって、作戦のことなんてわからないわ。ガル、意見は？」

「敵は大学沿いに防御線を張っています。素人兵部隊を前進させるには、この森の中の突破に賭けるしかないでしょう。ただ、その森に辿り着くには、七〇〇メートルほど、住宅街を抜ける必要があります。森があり、中学があり、中層のアパートもある。敵は当然、ここでわれわれを削ろうと待ち構えている。ロケット弾でドローンをばらまくような連中です。迫撃砲くらい持ち込んでいるでしょう。森の中から撃ってきますよ？」

「スイッチブレードはもう届いているのよね？」

「はい。さっき、弾薬と一緒に届きました。それと、微弱な電波ですが、交通大学のキャンパス内から、無線信号が出ています。モールスでS・O・S、自動発信ではなく手打ちですね」

「応答は出来る？」

「意味はありません。SOSしか打ってこないということは、それ以外のモールスを知らないということです。こちらでモールスで返しても解読は無理でしょう。かと言ってスクランブルなしの音声通信は傍受されるし」

「わかりました。では直接会いに行くしかなさそうね。各小隊長に攻略コースを伝えて頂戴。白兵戦になりそうかしら?……」

「間もなく日没です。暗くなる前に森を突破したいですが。暗視ゴーグルはわれわれしか持っていないし。照明弾の数は限られる」

司馬は、「暗くなったら会いましょう……」と呟いた。蔡だけは、その意味がわからなかったが。

「陽の光がある内に味方と接触しましょう。でないと、殺気だった味方に撃たれる羽目になる」

待田は、地図を切り取り、コマンドのタブレット端末に送ると、同時に紙のプリントアウトも大量に刷って王と蔡に持たせた。

更に、スイッチブレードや迫撃砲を操作するために一個小隊を呼び戻した。


原田一尉は、1号線を渡り、水利路《シュイリールー》沿いの細い舗装道路に入った。良くわからないエリアだった。昔ながらの通りで、平屋の建物が続いたかと思うと、ガラス張りのモダンなビルが突然現れる。だが、スタバやファストフード店があるような雰囲気ではない。

このすぐ向こうに世界の産業を支える先端産業の街があるなんて俄には信じられなかった。

半導体関連の光学機器メーカーのビルの前で、畑曹長と合流した。

「この四角四面なビルを指揮所にしましょう。前方は幅のある用水路があって、敵は橋でしか渡れない。西と北側は、拓けた畑で、寡兵でも守り易い地形です」

「了解です。しかし、住民すらいないですね。どこに避難したのか」

ビルの一階フロアには、空のペットボトルや保存食の空き袋が入った段ボール箱がポツンと置いてあった。上の階から事務用デスクや椅子も降ろされている。恐らく、しばらく社員が立て籠もったのだろう。略奪に遭った形跡はなかった。

王少佐と蔡中尉が、プリントした地図をそのデスクの上に広げた。

「作戦は？」

と王が聞いた。

「無線傍受で、敵が固まっている場所は何カ所か判明していますが、残念だが、穴はないですね。横一線に並んで圧迫を掛け、少しずつ敵を後退させます。もし一箇所でも突破出来たら、ひとまず部隊を入れましょう。中で何が起こっているのかを確認するのが最優先です。もし、突破口を開いた後に、また敵が押してくるようなら、中に小部隊を入れた状態で、いったん下がることも考慮します。全体の利益のために」

「わかりました。ではまた、最初に突破した小隊に一万ドルの賞金を出すことにしましょう」

「そんなお金、どこから出るんですか？」と原田が日本語で聞いた。

「嘘も方便ですよ。それで士気が上がるなら、私はどんな嘘でも付きます」

王も、そこだけ日本語で喋った。蔡中尉にわからないように。

畑が各小隊の攻勢ラインを地図に書き込んで、端末で連絡した上で、伝令を走らせた。台湾人部隊を纏める伍長クラスのために、紙の地図は必要だった。大まかな敵の配置も書き込んであった。

王少佐は、その一枚一枚に、「先鋒：10000美元《ドル》！」と書き加えていた。

田口と比嘉は、用水路を渡り、細い路地をすりでに南へと走っていた。最近建てられた感じの、低層のマンションが道沿いにびっしり立っている。後ろはもう藪だ。そして、その藪というか森の向こうに、高層ビルというほどではない、十数階建てのオフィスビルがポツポツと見える。狙撃手を潜ませるには絶好の場所だ。田口は、決して立ち止まらずに、できれば小走りに走るよう兵士に命じた。

　地図が届くと、あちこちで「一万ドル！」という呟きが漏れた。

「自分ら一応、正規軍なのに、そんな賞金ってありなのか？」

　とドレッサーこと賀翔《ホーシアン》二等兵がワーステッドこと崔超《ツイチャオ》二等兵に話しかけた。

「変だよな。そもそも、その一万ドルって、兵士一人につき一万ドルか？　それとも小隊全体にか？　半分が戦死するにしても、二〇名で分けたらたったの五〇〇ドルだろう？　スマホ一台、買い換えられないじゃないか？」

「伏せろ！　伏せろ！――」

　ヘネシーこと柴子超《チャイツーチャオ》伍長が怒鳴って、全員が一斉に近くの建物の軒先に逃げ込んで伏せた。どこかからブーン！　といううなり声が聞こえる。

　ドローンの羽音だった。〝ニッカ〟こと郭宇《グオイー》伍長が、ベネリのM4スーペル90ショットガンを構えた。

　すると、突然森の中からそれは現れた。高度はほんの五メートルもない。ほとんど視線の高さと言っても良い。

　郭伍長は、二〇メートルほどの距離でショットガンを発砲した。例の掌サイズのドローンだった。

「お見事、ニッカ！　これでわれわれの位置はばれた。撃ってくるぞ」

　と田口は身構えた。周囲でもショットガンの発砲音が聞こえてくる。

「この先、出た道路にはまだ防御陣地はない。ここで阻止する気は無いんだろうけど」

田口は、タブレット端末に、ドローンが撮った写真を表示させた。

「よし、そろそろ取りかかろう。ヘネシー、このまま前進してくれ。ただし、他部隊より前に出ることはない。一万ドルぽっちで売れる命じゃない。五分で追い付く。ドレッサー、ワーステッド、付いてこい！」

田口と比嘉は、台湾兵二人を連れて近くのオフィスビルの裏口に取り付いた。太いチェーンが裏口のドアが縛ってあった。ワイヤーカッターはあったが、この太さのものは切れない。田口は、ザックに止めたバールで、ドアをこじ開けて中に入った。

階段をひたすら登る。田口も比嘉も呼吸一つ乱さず登ったが、二人の台湾兵は、四階辺りで立ち止まった。

「どうした？　それでも若者か！」

「二人は毎日鍛えているでしょう！　俺なんて普段はドライヤーより重たいものは持たないんですから」

「一二階まで上がってこい。ただし、廊下に留まれ。部屋に顔を出すな。われわれがこのビルに入ったことはもうドローンに見えている。狙撃されるぞ」

田口は、一二階に辿り着くと、社長室のドアを少しだけ開いて見た。ゆっくりと。そしてまずザックを中に放り込むと、半身を入れて静かに部屋に入った。比嘉がそれに続く。

匍匐して部屋を渡ると、田口は銃を出し、比嘉はスコープでターゲットを探した。

「ターゲット・アルファ確認、ベータ確認……。

チャーリーがいないぞ……」

「探せ！　俺ならあそこは動かない。どこかにいるはずだ」

田口は、窓ガラスを丸く切り取ると、呼吸を整えながら、静かに準備を始めた。

「アルファ狙撃用意……。どうした？」

「スタンバイ……」

田口は、二〇秒待った。

「待てない！──」

「いた！　二棟右隣の一二階に移っている。銃口しか見えない！」

「すぐ、頭を出すさ。アルファ攻撃」

引き金を引く。狙撃手の位置は事前に把握し、攻撃を仕掛けるビルも決めていた。敵との相対距離、角度も事前に計算ずみだった。わからないのは風くらいだ。だが幸い、風は無かった。

「確認！　続いてブラボー許可」

「ブラボー攻撃──」

アルファは一番手前の狙撃手だ。三〇〇メートル離れた中学校の屋上に潜んでいた。そしてブラボーは、四五〇メートル離れた高層アパートのベランダに。

最後のチャーリーは、七〇〇メートル離れた、これも高層アパートのベランダに潜んでいた。

「なるほど！　視界が欲しくて移動したのか」

ブラボーを撃った瞬間、そのチャーリーが頭を見せた。スコープが動き、こちらを見付けたことがわかった。

だが、先に引き金を引いたのは田口だった。ラプア弾が頭部に命中し、鮮血が後ろの壁に飛び散るのが見えた。

「よし、撤収！──」

二人はそのまま後ずさると、ザックを引っ張って廊下に出た。

「降りるぞ！　もうすぐミサイルなり迫撃砲弾が飛んでくる！」

「俺たち、何のためにここまで登ったんですか？」

「なんだ？　良い運動になっただろう」

田口は無表情に言った。

五階付近まで降りた所で、ビルに銃撃が浴びせられた。アサルト・ライフル一〇本分くらいの銃弾がビルの窓を破っていた。トドメは、迫撃弾がビル前方の路上で爆発した。

小隊と合流すると、大隊本体は、すでに道路を挟んで激しく交戦中だった。片側四車線道路。しかも二車線置きに分離帯代わりの並木まである太い道路だった。

「どんな感じ？」

「あちら側は、民有地の壁があったりして、敵にとって結構守り易いですね。こっちは立ち木しか障害物がない」

ドレッサーが「敵の狙撃兵三班、一瞬でだぜぇ！」と自慢するかのように話していた。

「敵は何かミスを犯したのですか？」

ヘネシーが聞いた。

「こういうドローンが飛び交う戦場では、遅かれ早かれ狙撃手が潜んでいる場所はばれる。だから、こまめな陣地転換が必要だ。彼らは、われわれを待って一箇所に長居しすぎた。銃口だけはベランダから覗いているとかね」

「ここで耳を塞いでいても始まんねぇぞ！」と誰かが叫んで飛び出した。幅のある道路を一斉に兵士たちが駆け出す。

反対側の民有地の壁に辿り着くと、すぐ誰かが両手を結んで足場を作り、一人、一人とまた壁越えして行った。

素人兵にしてはやるじゃないか！　と田口は感

心した。日没が迫っている。壁の向こうがどうなっているかは良くわからなかった。

だが、戦いはまだ始まったばかり。敵が退きつつ応戦しているのは明らかだった。向こう側の守りは、道路沿いに防御陣地がしっかりと造ってある。こうはいかないだろう。


桃園空港では、コンボイを組んでの最初の補給部隊が到着していた。ようやく、少年らの着替えも届いた。空港内ラウンジで、シャワーを使わせてもらった。冷たい水だったが、このまま着替えるよりはましだ。新しい下着に靴下に、ださい柄だがジャージーもあった。

明るい内に晩飯を食べることになった。台北から、一食分だけ、台湾風おにぎりの飯糰《ファントァン》が差し入れられていた。

コンビニの荷物も、まとめて配送車六台分が届いた。たぶん、明日の昼まではもう補給は無理だろうとのことだった。

子供たちは、ターミナル・ビルの中でその飯を食べていた。スマホを充電するためだった。電源ケーブルが何十本も壁のコンセントや、出発ロビーの待合席の椅子にあった。その全てのコンセントが生きている。自家発電装置に、建物の屋根に張り巡らされたソーラー・パネルのお陰だった。

もちろん、コンビニから差し入れもあった。炭酸ではないが、保存が効くフルーツ・ジュースとクッキーを貰った。

以前と違うことは、皆傍らに銃を置いていることだ。それぞれ他人の銃と間違えないよう、テープを貼ったり紐を巻いたりしていた。

引率教師は、銃と一緒だということで、気が休まる瞬間がなく、ひっきりなしに、全員の銃を手に取っては、薬室に弾丸がないかを確認していた。

装備を入れるための、黒いザックも届いていた。

だが呂宇《ルーイー》先生は、さすが数学教師だけあって、初速エネルギーから求められる弾道軌道の計算方法をレクチャーしてくれた。

生徒には黙っていたが、他所の烈士団では、銃を使っての自殺騒ぎが起こっていた。幸い弾は逸れたらしいが、これが自殺程度ならともかく、子供たちが自暴自棄になって、集団内で乱射でも始めやしないかと彼らは心配していた。

幸い、うちの学校は、皆良い子ちゃん揃いだが、何がきっかけで心が決壊するかは誰にもわからない。

生徒たちにとって、何より嬉しかったのは、そのおにぎりではなく、プレート・キャリアが届いたことだった。各国の旗や言語が書かれている。どうやらウクライナ支援で集められたものらしかった。

胸を支えるだけのものだったが、マガジンを入れるポケットもあれば、背面にもちゃんとプレートが入っている。

皆で「外人部隊ごっこだ！」と記念写真を撮り合った。もちろん、写真を撮ったらすぐ脱いだ。こんな重たいものを一日中着て動き回るなんてアホらしいという感想しかなかった。しかもだいたいぶかぶかだ。ずり落ちたプレートで下半身は守れても、肝心の胸の辺りはまる見えだった。

一見すると、アフリカの世界最貧国辺りで見掛ける少年兵の集団が空港内をうろうろしている感じだった。

食事していると、軍の兵士が現れて、台北から間もなく正規軍の増援部隊が出発するから、君らは間もなく解放される。もう銃も防弾チョッキも要らなくなるだろう、と告げられた。

喜ぶ者が半分、ちぇっ！　と残念がる者が半分という所だった。健祐少年は、半々という気持ちだった。

健祐は、食事を終えると、オレンジ・ジュースのペットボトルを右手に、コンビニに顔を出した。小町や知念が、積み上げられた荷物を仕分けしていた。素人目には、一ヶ月は営業できそうな荷物に思えた。その全ての段ボール箱には、日本語が書かれていた。全部、日本からの補給物資だった。

「坊や、さっぱりした気分はどうよ？」

と知念が笑顔で話しかけた。

「ええっ？　俺、風呂とかあんまり好きじゃないんで。泥の臭いにも慣れたし。みんなから、おばさんにお礼を言ってくれ、と頼まれました。おばさんが危険を冒して、僕らの状況を訴えてくれたお陰で、ただのパシリ扱いだったのに、それなりの待遇に格上げされたって」

「あたしが望んだのは、防弾チョッキだの食事だのじゃなく、貴方たちがここから避難できることだけどね。せめて元いた空港近くの学校とかに返してもらえないの？」

「ああ、雰囲気としちゃ、その援軍とかと入れ替えで、今夜は学校まで戻れそうな感じですよ。この方がトイレもまともだから、みんな寝心地が良いと言っているんですけど。僕は、学校の方が良いや。みんなであれこれ決められるから。ここはほら、何から何まで軍の都合で動かなきゃならないから」

「そうよね。戦場からは一刻も早く離れた方が良い。自衛隊が、新竹に取り付いて、敵が包囲している街の解放作戦に着手したそうよ」

知念は、荷物の影に隠れている小町に、顔を見せるように促した。

「日本の御家族には、何か連絡した？」

と小町が聞いた。固い表情と雰囲気だった。

「いや、僕は、台北でずっと外国人専用の豪華な防空壕で暮らしていることになっているから、心配を掛けてもと……。ＬＩＮＥは時々読むけれど、ネットも電気も限られるから返事は滅多にできないと送ってあります」

「それが良いかもね」

　誰かが健祐を呼び、「じゃあまた！」と健祐は戻って行った。

　小町は、段ボール箱の影で、崩れるように椅子に座り込んでいた。そして、手の甲で溢れる涙を拭った。

　知念が驚いた顔で「どうしたのよ！」と呼びかけた。

「いえ……、何でも……。駄目なんです、私。家族のことは綺麗に忘れたつもりだった。起こったことは何もかも運命で、自分はただこれから一人生きていくだけだと思っていた。でもあの子を見る度に、弟のことを想い出すようになって……。成長した弟の姿が瞼に浮かぶようになって。こんなこと、一度も無かったのに……」

「ああ、なんてこと！」

　知念は、パンパンに詰まった段ボール箱の上に腰を下ろした。

「私、米兵と一緒に基地の街で暮らしていたから、ある日突然、パリッと制服を着た士官が、戦死の報せを持って米軍住宅の扉をノックする場面を何度か目撃したことがある。ヘリの墜落事故とかあると大変よ。一度で何人も死ぬから。そのダメージは、何度も繰り返すそうよ。何年経っても、克服した、もう忘れたと思っていても、ある日急に想い出すようになって、心を蝕む。誰も救うことはできないのよ。貴方が自分でそれを受け止め、前へ進むしかない。でも、人間誰しも立ち止まる瞬間はあるものよ。今、世界はこんなで、私たちはジェット・コースターに乗っているような経験をしているけれど、でもひょっとしたら、今が貴方が立ち止まるべき瞬間なのかも知れない。貴方の家族はもう戻らない。でも記憶の中で成長し、大人になって、一緒に老いていくとしたら、そういう人生もありなのかも知れないわよ。死んだ子の歳を数えるというのは、本当はそういう意味だったのかも知れない。

話ならいつでも聞いてあげるから！」

「良い人ですね、知念さん。ほら、別れた旦那さんが元米兵だとか聞くと……」

「ええ、事実そうよ。私はただのグルーピー、米兵の追っかけだったんだから」

知念はティッシュを差し出して作業に戻った。


上海国際警備公司《S・I・S》を率いる王凱《ワンカイ》陸軍中佐は、桃園空港から僅か二キロしか離れていない空港北側の工場の中にいた。太陽電池関係の素材を作っている工場らしかった。新しくはないが、やたらに広い。いくら戦争中とは言え、こういうだだっ広い工場の警備を疎かにするのはけしからんと思った。

人間が潜めるだけではない。物資を好きなだけ隠匿できる。必要ならトラックの類いですら。

「どうして、こう人がいないんだろうな？」

「労働者の九割は東南アジアからの出稼ぎ労働で、トップ他は、とっくに大金持って外国に逃げた後、中間管理職は、家族を連れて、台湾東岸へ避難でしょうね。皆、愛社精神とかは持たない。うちも同じですよ。ただその労働者が、大陸の奥地から来ているというだけで」

副隊長の火駿《フオジン》少佐が、自分の装備を確認しながら言った。

「犬は来ると思うか？」

「制空権を失った後ですからねぇ。どこまで可能なのか……。でもわれわれが仕掛けることで、また敵を減らせることは間違いない」

「劉《リウ》曹長、例の噂は、確実に増援が襲撃された後に流してくれよ。無線を聞いていればそのタイミングはわかると思うが」

「問題ありません。すでに経験済みです。こんな状況下で、情報の出所とか気にする暇な人間はいませんから。すぐ追い掛けます」

「まあ、ほんの数名で、中隊規模の正規軍を足止めするなんて、普通はそういう無茶は考えつかないからなぁ。殺られたということは、それだけの敵の数がそこにいるものだと誰だって考える」

「武装した子供が空港内にいるというのはどうなんでしょうね？」

「事実だろう。潜入したコマンドの報告もそう言っている。あそこを守っている李《リー》将軍、なかなかの狸親父だよ。それがもつ宣伝効果を理解している。だが、いざおっ始めれば、使える戦力でもない。別に手加減は要らないぞ。銃の引き金を撃てるなら、それは妊婦だろうが子供だろうが、ただの敵だ。われわれはプロに徹して目的をやり遂げる。子供でも抱えて人質に取れば、桃園を巡る攻防は終わる。あとは、制空権をこちらが取り戻すのを寝て待てば良い」

中佐は、その場にいる一個中隊のコマンドに声を掛けた。

「ではみんな、これより出撃する！　功を焦るな！　敵に増援は来ない。来たとしても、時間稼ぎはあるし、たいした戦力ではないだろう。われわれの敵ではない。だから、犠牲を最小に留めて、目的を達成する。われわれはロシアのワグネルのような素人集団ではない。プロフェショナルだ。報酬を得るために、最小の犠牲で最大の戦果を得る。では、出撃する――」

まだ外は明るい。日没直前だが、兵士達は少人数で、空港へと向かって工場を出た。郷土防衛隊が、彼らを明確に敵だと認識したのは、空港まで二〇〇メートル。空港外に設けられた防御陣地を二つも三つも突破されてからだった。

公道で、奇襲攻撃はあっても、まだ明るい時間帯に、堂々と空港を襲撃してくるとは、誰も想定していなかった。

そして、台北を出発した増援部隊は、最初、周囲を警戒してのろのろと前進していたが、空港襲撃の報せが入った途端、速度を上げ始めた。それが命取りになった。

食事後の休憩時間を満喫していた少年烈士団は、けたたましいサイレン音で現実世界に引き戻された。


桃園郷土防衛隊の指揮所では、李将軍が、ドローンの映像をモニターで見ていた。

確かに公道での襲撃は受けたが、まだ明るい内から仕掛けてくるとは想定外だった。それも増援が到着する前に。

「まだ明るい内に、少年らを避難させませんと」

と楊世忠《ヤンシージョン》少佐が具申した。

「どこがいい？　滑走路東側の塹壕はどうだ？」

「あそこが一番安全だとは思いますが、彼らはあの塹壕の構造を知りません。暗くなったら身動きがとれなくなる」

「敵は北から攻めている。南西の陣地は今は安全なわけだが、あそこの人員を少年らと入れ替えるわけにはいかないか？」

「今はそうですが、前夜の襲撃はそもそも西側からの攻勢でした。恐らく、残存兵がまたやってきます。今の攻勢は、西の防衛力を引き抜くための陽動かも知れません。少年らをここに置いておくことには反対です。予備選力として必ず前線へ送る羽目になる」

「しばらく考えさせて——」

「増援部隊が襲撃を受けています！」

通信兵が叫んだ。

「まさか……。場所はどこだ？」

「忠義路三段《ジョンイールー》を渡って直ぐ。ゴルフ場横辺りのようです。放棄車両で道を塞がれ、車列が減速した所に、放置車両が次々と爆発し始め、現在交戦中。負傷者多数。援軍請う！　だそうです」

「援軍部隊が、援軍を請うとか——」

しばらくして続報が届いた。交戦中の敵部隊は一個中隊規模と推定。実際には、その部隊を攻撃したのはたった四人のコマンドだった。

「いったい何だ？　この陸軍の体たらくは……。海兵隊にでも援軍を求めるか。少年らは、手榴弾の投擲訓練はやったのだな？」

「将軍、さすがに駄目です！　私は反対します」

「降伏するのか？　降伏はないぞ——。われわれは、最後の一人まで戦い抜く。敵はまだターミナル一つ奪い取ったわけではない。中隊規模の、銃の引き金を引けて、手榴弾も投げられる立派な男たちがいるんだぞ、ここに！　誰か、少佐以外に反対の者がいたら意見しろ……」

誰も反対しなかった。顔には反対だと描いてあるが、それを口に出来る状況では無かった。

「滑走路東側を守っている塹壕部隊とそっくり入れ替える！　彼らを呼び戻して、少年らを塹壕に向かわせよ。迷路だが、順応してもらうしかない。恐らく、敵はあっちからは来ないだろう。西部戦線になる。一晩では決着は付かん」

「残念ですが、そうします。少年らを塹壕に入れ、守備隊を東西の陣地に振り分けます」

少佐も折れた。どう考えても、滑走路側からの攻撃は無い。狙撃兵は見張っているし、暗闇で、足下は泥濘《ぬかる》んでいるが、子供たちには一晩耐えてもらうしかなかった。いざとなれば、照明弾も上げられる。今は、このターミナル施設を守ることが最優先だった。

第六章　デコイ

寧波国際空港では、警戒部隊の離陸準備が進められていた。最初の情報は、花蓮空軍基地近くに潜ませたスパイからもたらされた。

空軍戦闘機が、爆弾や空対空ミサイルではない装備の準備をしているというものだった。その次は、那覇に潜むスパイからで、航空自衛隊のイーグル戦闘機部隊が一斉に離陸を開始したというものだった。

次の攻勢は、あってもまた夜明け前だろうと思っていたが、「敵は休ませてくれないな……」というのが浩菲《ハオフェイ》中佐の本音だった。

再整備した機体をテスト飛行させる暇もなかった。

鍾桂蘭《チォンクイラン》少佐のY‐9X哨戒機も離陸準備を開始していた。どこが狙われるかわからない。この空港に留まることは危険だった。もしここが破壊されたら、更に奥地の飛行場まで撤退しなければならない。

「最低だわよね！　迎撃戦闘機は内陸部から飛んでくる。迎撃する時間が限られるわ」

「攻守逆転ですね。数日前までは、自分たちが、好きなタイミングで敵基地を攻撃していたのに……」

浩と鍾は、テーブルの上に広げた航空マップを畳んでブリーフケースに仕舞った。モニターにマップを呼び出せば済むのに、パイロットたちが未だに紙のマップを持ち歩くのは奇妙な習慣だと思った。

「ところで、張《ツァン》博士が提案があるそうなんですけど？」

「どんな提案かしら天才博士。この空警機を、量子ゆらぎを使って、シュレーディンガーの箱の中で二機に増やしてみせるとか？」

「いえ、そういう話ではなくて、J‐35の件です。あの戦闘機は本当にステルスなんですか？」

張博士も、自分のゲーミングPCをサスペンドしてモニターを折りたたんだ。

「ええ。少なくとも、F‐35レベルのステルス性能を持っている自信はあるわ。現に、明け方前の戦闘では、敵の戦闘機には見えてなかったわ。あれが見えるのは、E‐2D〝アドバンスド・ホークアイ〟のみよ」

「自衛隊のAWACSには見えない？」

「たぶん見えないわね。そもそもあれは大型機で、指揮管制要員を乗せているから、前方には出ない。奥に引き籠もっている分、見える距離も限られる。でもE‐2Dて、結構前方に出てくるのよね」

「じゃあ、話は簡単じゃないですか？ E‐2Dを潰せば良い」

「あの機体に、たぶん一五〇キロまで接近できた味方機はいないのよ。たぶん二〇〇キロもいないわね。ロシアからミグ‐31と、それが搭載するR‐37空対空ミサイルが二〇発ばかり貰えれば別だけど。二〇発も撃ち込んだら、一発くらいは命中するでしょう」

「いや、実際に撃ち落とす必要は無い。電子戦機を飛ばして電波妨害を仕掛ければ良いじゃないですか？」

「あのE‐2Dの電力に打ち勝たなければならないのよ？　そりゃ、そこそこ接近できれば可能だろうけれど」

「その必要も無い。単純に利得の問題だから、J‐35の前方に、その電子戦機がいれば済むだけです。その電子戦機の後ろは見えなくなるでしょう？　少なくとも、見え辛くなる。党がやるじゃないですか？　西側のラジオを妨害する時には、その電波が飛んでくる方角との間で、別の放送を流せば良い。人民には聞こえなくなる」

「その電子戦機は移動している」

「一定のルールに従って移動しているなら、対処できるでしょう」

「そうやって接近できたとしても、敵の光学センサーの方が性能が上なのよ？」

「レーダーを使えば良い。それで見えないのはF‐35だけでしょう？　そもそも、F‐15戦闘機なんでバカでかいから、たとえセンサーの性能で劣っていたとしても、双方が視界に収められる距離はたいして変わらないでしょう」

「あのね、博士。敵は、F‐35戦闘機をセンサー代わりに使っているのよ。その光学センサーが捕捉した情報をアップリンクし、後続の戦闘機部隊と情報を共有する」

「なんでうちがそれを出来ないんです？」

「J‐35がものになったら、それをやるつもりよ。でも、とっかかりとしては悪く無いわ。飛行隊に提案してみる」

「数が合わないわ……」

　と鍾少佐が漏らした。

「何の数よ？」

「台湾から出撃する戦闘機は、花蓮の二個飛行隊。那覇からイーグルが一個飛行隊、もう一個飛行隊は警戒でしょう。下地島に引っ越したEXも加わるとして、たったの百機ですよね。それに加えて空母に載ったF‐35Bが二個飛行隊。これが槍を務めるわけですが、この護衛戦闘機がたった百機ということですか？」

「うちが上げられる迎撃機は何機だと思う？　勝手がわからない内陸部からの出撃とあっては、せいぜい五〇機をほんの三〇分くらい海峡上空に進出させるのが精一杯よ。空中給油機もだいぶ削られた。敵は、こちらの戦力低下に合わせてきたんじゃないの？　F‐35の一個飛行隊だけで、十分こちらの艦隊を潰滅させられる。ターゲットは何かしら……、復旧が進む基地に艦隊。艦隊だけね。基地の爆撃までの機数ではない。でもグアムからそれなりの数の爆撃機が上がったままだという情報もあるから。でも……」

と浩中佐はふと思い付いたような顔をした。

「うちだって、花蓮をもう二、三回潰す程度のミサイルはまだまだ持っているわよね？」

「どうやってそれを送り込みます？　犬一匹届けられないのに」と鍾少佐が混ぜっ返した。

「でも、敵の戦闘機は半分が出払っている。前日は刺し違える覚悟で空挺を送り込んだけれど、今回は、他のことをすれば良いのよ。基地を攻撃するなり、敵艦隊を攻撃するなり」

「私の哨戒機一機を守るために一個飛行隊、ステルス戦闘機を付けてくれるなら出ますけれど、それにした所で、哨戒機や爆撃機一〇機で出て、百発の対艦ミサイルを発射して、当たりますかね。釣魚島で睨み合っていた頃は、二〇〇発の対地ミサイルを発射して、全弾叩き墜されたんですよ」

「諦めるのは早いわよ。われわれはまだ日台両軍より数では優っているんですからね。私は出ます。貴方も急ぎなさい」

「今度は、ちゃんと内陸基地に辿り着けるだけの燃料で引き返して下さいね！　あんな幸運はもうありませんよ」

「貴方も、機体に火が回る前に離陸するのよ」

思えば、両機はともに着陸と離陸で死にかけたのだ。空警機は燃料切れで橋に降りる羽目になり、哨戒機は、すでにミサイルが着弾する中で、寧波飛行場を離陸脱出する羽目になった。

離陸した空警機は、普段より南西寄りのコースを取った。五〇〇キロも飛んで南平《ナンピン》市上空まで来たところで、ようやく護衛の戦闘機隊が現れた。Ｊ‐10戦闘機４機と、Ｊ‐35ステルス戦闘機４機編隊だ。誰が操縦桿を握っているかは知らなかった。

すでに空軍の大型空警機が飛んでいる。データリンクでその情報が届いていたが、浩中佐の機体は、まだレーダーを起動してはいなかった。

Ｅ‐２Ｄのレーダー波はすでに探知しているし、ボーイング‐767早期警戒管制指揮機《AWACS》のレーダーに映っているのも間違いない。Ｅ‐２Ｄは、普段は台湾本島の遥か東海上を飛んでいたが、珍しく今は、台湾海峡上空にいた。

押し込まれるというのはこういうことだ。これが制空権を失うということだと思った。

敵の戦闘機は、確かに数が少なそうだった。台湾空軍のＦ‐16Ｖ戦闘機の背後から、ポツポツと例のＥＸ戦闘機が現れる。こいつには何度も煮え湯を飲まされた。今日は、何をやらかしてくれるのだろうと思った。向こうもまだレーダーは入れていないようだった。

ＥＸはいつもそうだ。胴体に吊り下げた優秀な光学センサーでこちらを発見し、ミサイルを撃ってくる。そのミサイルも直前にならなければレーダーを発信しない。気付いた時には、真上からミサイルが降ってくる。

いつも、そのワンサイド・ゲームで殺られていた。戦闘機の護衛を受けた爆撃機が超低空で台湾へと向かっていたが、これもE - 2Dにまる見えだろう。

一機でも生き残り、目的を達してくれることを祈りたいが……。たぶん無事に帰れる機体はないだろうと思った。

「さあみんな！　今夜も始めるわよ！――」

浩中佐は、レーダーの火を入れさせた。双方二〇〇機以上の目標が探知された。コンピュータが一瞬で、その二〇〇個の目標に識別符号を振り当てる。

だが、そこから問題が発生した。EX戦闘機の背後から、戦闘機の編隊がまた現れだしたのだ。

浩は、そりゃそうよね……、と思った。攻撃規模がこの程度のはずはない。どこかからこっそり呼び寄せた部隊だろうと思った。ものは、米海軍のF - 18戦闘機部隊のようだった。海兵隊の戦闘機か、あるいは米空母の戦闘機だろう。だとすると、この辺りに米空母でも接近しているということなのか……。

もし米空母がいるなら、最新鋭のF - 35Cステルス戦闘機もどこかに潜んでいるかも知れなかった。

敵のF - 35戦闘機はまだ見えない。いるとしても、見える距離ではなさそうだった。福州市《フウジョウ》へと向かって飛ぶ。そのまま真っ直ぐ飛べば、海峡を越えて三〇〇キロで新竹だった。

高度が低いので、まだその辺りは見えない。ただし、台湾軍は半導体施設への被害を恐れて、新竹で爆撃のような真似はしないだろうと想定されていた。

しかし、一五分も飛ぶと、違和感を抱き始めた。数が多すぎた。

桂蘭が話していた数と全然違う。レーダー画面上にある飛行部隊から、味方機の情報をいったん消してみた。すると、察知している識別不明機及び識別済み敵目標の数は、優に四〇〇機を超えていた。

「何よ？　これ。前日の台湾空軍の特攻機の数を入れても、こんな数にはならなかったわよ？　みんなシステムを確認して、何か、私たち、ゴミを拾っているわよ！」

だが、いったんレーダーを切って再起動しても同じだった。それ所か、空軍の空警機ＫＪ－２０００（空警－２０００）も全く同じ情報を持っていた。

レーダーの性能はこちらの方が遥かに上だが、空警２０００は、自分の機体より海峡側に出ていた。だがその機体も、今は針路を西へと取って後退し始めていた。つまり脱兎の如く逃げていた。

「中佐、われわれも下がった方が良い。これ以上、東へ向かうのは危険です！」

副操縦士の秦怡《チィンイー》大尉が進言した。

「了解。護衛編隊に反転を連絡してから、旋回して良いわ。ただし、ゆっくりよ」

いったい、この数の戦闘機をどこから集めて、何をしようというのだろうと思った。艦隊を潰すにも、すでに機能停止状態の基地を更地にするにも、明らかにオーバー・キルだと思った。

敵の編隊が四方向へと分かれた。二方向は、南海艦隊と東海艦隊が引き籠もる辺りだ。残るは、沿岸沿いの基地を再度攻撃するらしかった。

海軍戦闘機が、接近する敵戦闘機への迎撃に向かって行く。一斉に空対空ミサイルを発射するのがわかったが、敵はミサイルで迎撃せず、ジャミングで対応してきた。味方ミサイルが命中する寸前、ジャミングを掛けてロックオンを外しに掛かった。

半数のミサイルが外れたが、半数は命中した。

「やった！――」とクルーがガッツポーズを掲げたが、中佐には違和感ありまくりだった。

続いて、空母を守る中華神盾艦が、長距離の艦対空ミサイルを連続発射する。まだまだ四〇機を超える敵戦闘機が向かっていた。

味方戦闘機も更にミサイルを発射する。敵戦闘機二〇機余りが撃墜されたが、味方も、艦隊外周を守っていたフリゲイトに被弾した模様だった。

空母外周を守っていたフリゲイト部隊が反応し、個艦防空ミサイルを次々と発射する。だが敵戦闘機は、高度を落とし、超低空での侵攻を継続していた。まるでシースキマー・ミサイルのようだった。

速度も全く落ちない。亜音速で突っ込んでくる。何もかも変だった……。なぜ空対艦ミサイルを撃ってこないのか……。

そもそも、米軍のF‐18戦闘機が、引き籠もるたかが中国海軍相手に、二〇機も三〇機も撃墜されるはずがなかった。

防空網をかいくぐった一〇機が、河口部を深く進み、遂に味方空母へと命中した。空母に命中して姿が消えた。四機から、六機が、空母に命中したはずだった。ありえない。いや、命中したことではなく、それら戦闘機がカミカゼ攻撃したことだ。あれは要らなくなった戦闘機をドローンとして突っ込ませたのだろうか。

そして、別の編隊、自衛隊のF‐2戦闘機部隊もそこにいた。あのF‐16擬きがこんな所まで出て来ている。

復旧中の防空ミサイル基地やレーダー・サイト、軍用飛行場へと襲いかかる。それを味方戦闘機が迎撃して叩き墜す。だが、ここでも奇妙なことが起こった。敵戦闘機は回避行動を取るわけではなく、ただジャミングで応戦してくるだけだ。そして、めいめいのコースに従い、目標に突っ込んで行く。

確かにあの戦闘機はもうたいして新しくはない。それに、何しろ日本人だ。カミカゼ攻撃くらいするかも知れない。だが、何もかも変だ……。

敵編隊の半分が、カミカゼ攻撃だった。だがそんなことはあり得ない。一方で、攻撃は事実としてあった。あちこちの基地や飛行場がまた燃えている。寧波海軍飛行場も再度攻撃を受けていた。ミサイル発射は、こちらのレーダーでも捉えていた。

何が起こったのかしばらく理解できなかった。

「中佐、これはいったい何が起こっているんですか？　いくら日本人パイロットで、しかも使っている戦闘機がロシア並の骨董品ばかりだからって、二一世紀にカミカゼ攻撃なんてしないでしょう？」

コクピットから秦大尉が振り返って尋ねた。

「ちょっと待って」

中佐は、鍾桂蘭少佐のY‐9X哨戒機を無線で呼び出した。少佐の機体は、敵の攻撃を避けるために北へと飛んでいた。

「何が起こっているの？」

「戦闘機が次々とカミカゼ攻撃を仕掛けたようですが、東海艦隊の哨戒ヘリが一機、編隊で突っ込んでくるドローンを光学センサーで捉えたと言っています」

「ドローン？」

「はい。巡航ミサイルみたいなドローンが、四機編隊で味方艦艇に突っ込むのを目撃したと。しかし、突っ込んだけれど、不発だったようで、たいした損害は出ていないとも言っています。沈んだ艦がいることは事実ですが」

「何それ、支離滅裂じゃない？」

だが次の瞬間、中佐はハッと気付いた。やられた！……。

「見事にしてやられた！　ＭＡＬＤよ。ＡＤＭ‐160。あのデコイ・ミサイルよ。われわれが目にしていたのは、たぶん七割から八割がデコイだわ。例のＥＸが台湾本島上空で発射した。そして残りが実機。デコイを味方機に追わせて、且つわれわれに無駄弾を撃たせ、明け方の攻撃の仕上げを行った……」

「そんなはずないでしょう！　空警機のデータにはちゃんとＦ‐18とか、Ｆ‐2、Ｆ‐16と出てましたよね？　ただの巡航ミサイルじゃなく……」

「それが出来るのが、ＭＡＬＤよ。見事にしてやられたわ！」

「じゃあ、空母は無事なんですね？」

「さあどうかしら。爆弾は積んでなくとも、あのサイズと重量でしかも燃料が残った機体が突っ込めば、火災くらい起こるわよね。第二波攻撃に備えて、私の機体はまた海岸寄りのコースに戻ります」

「お気を付けて！」

空警機は、またコースを反転し、護衛戦闘機を引き連れて東へと向かい始めた。この混乱の最中、海峡を東へと飛び続けた爆撃機は、四機が全て撃墜されていた。その護衛戦闘機も半分が叩き墜されていた。

だが、海峡を中間線辺りまでは飛べたはずだった……。成功したと信じるしかなかった。

彰化市に陣取る土門は、頼《ライ》中佐の案内で、第10軍団の指揮所に顔を出して第10軍団を率いる余《ユー》明敏《ミンミン》陸軍中将と会談した。

　こちらはただの客なので下手に出た。相手がどういう人物かは、頼中佐が置かれた状況でだいたい想像は出来た。土門は、引き続き連絡将校として頼中佐をお借りできると有り難いと要請し、快諾を得た。

　彰化市で時間稼ぎしていた敵はあらかた後退したので、後は対岸を野砲で叩いて、烏渓《ウーシー》を渡るだけとのことだった。

　すでに暗くはなっているが、余中将の説明では、照明弾はあるし、一刻も早く台中市を奪還して、市長の首を台北に持って来い、生死は問わず、という命令を受けているとのことだった。

　指揮車両〝メグ〟に戻ると、土門は、頼中佐にようやく本音を述べた。

「どこの軍隊でも、出世するタイプというのは変わらないものだよね……」

「そうでしょうか」と頼中佐が答えた。自衛隊は違うでしょう？　という態度だった。

「君だって、自分の軍隊の出世のシステムは世界最低だと思っているだろう？」

「自衛隊もそうなのですか？　あんな米軍と一体化している近代的な軍隊で……」

「何しろ、国全体が変化を拒む性格なのでね」

〝ジョー〟のベッドで寝ていた黄《ファン》中尉が起きて〝メグ〟に乗って来た。ただし、今は、いつでも走れるよう連結は解除してあった。

「気分はどうだね？　中尉」

「はい！　お陰様で将軍。大陸で寝台車に乗ったような気分です。熟睡できました。起きがけにドリップ・コーヒーとか出てくるんですもの」

　中尉は小声で「うちの小隊はどこですか？」と中佐に聞いた。

「大丈夫よ。彼らも軍用トラックの中で、適当に寝たでしょうから。今、野砲部隊の展開と、戦車が烏渓の河川敷に布陣するのを待っている所です」

「対岸から対戦車ミサイルが飛んできますよ？」

「ドローンの観測では、歩兵はもう大分後方に下がっているみたいね。リスクは承知ですから」

姜三佐は、コンソールに座り、ヘッドセットでずっと喋っていた。日本語なので、頼と黄には何を喋っているのかわからなかったが、彼女が覗いている映像が、新竹上空を飛んでいるドローンの映像らしいことだけはわかった。

「ここから新竹の部隊を指揮しているのですか？」と中尉は土門に聞いた。

「そうなんだ。あっちは、ちと敵の攻勢がシビアでね。工業団地というか、今風に言えばサイエンスパークを包囲している。突破を試みているのだが、ドローンの映像を解析する人手が足りない。まあ、東京からでもそれは出来るんだけどね」

「野砲部隊、行けるそうです！」

とリベットが報告する。

「良いよ、撃っちゃって。ところで、水機団指揮所ってどこに移動したの？」

「まだ移動中です。上流部の74号線沿いに布陣する予定です。移動中だから、陸将補がここから指揮することを許可されています」

「誰が許可したの？」

「ご自分ですよ！」と姜三佐が突っ込んだ。

「わかった。頼中佐、おっ始めて良いかな？」

「はい。お願いします。発生する付随被害の責任は全てこちらが負いますので」

着弾予定地点から市の中心部まで七キロほどだ。政治家はその砲声に肝を冷やすことだろうが、白旗まではいかんだろうと土門は思った。第10軍団は台中市を瓦礫の山にする覚悟だったが……。

土門は、壁のバーに腰を預けて腕組みして瞼を閉じた。今にも意識を失いそうだった。バーには、シートベルト代わりのクイックドローで左腰が留めてある。

「きちんとお休みになられてはいかがですか？　せめて二時間でも」

と頼中佐が話しかけた。

「いや、大丈夫だ」

「兵隊は小まめに睡眠を取っています。われわれもそうしないと」

「同感です、水機団指揮所が立ち上がるまではまだ時間が掛かる。指揮所が立ち上がるまでは、戦車が橋を渡ることはありません」

と姜三佐も休むよう提案した。

「わかった！　諸々進行したら起こしてくれ。あれこれ俺が命令したことにして構わんからな。あと、原田小隊のサポートにも気をつけろ」

「了解です。シートベルト、して下さいね！」

土門は、クイック・ドローを外して指揮官室に引き揚げた。だがそこから登って天井の蚕棚まで上がる気力は無かった。ソファにそのまま横になった。そこには転倒防止用のベルトがあったが、気づきもしなかった。

指揮コンソールに残っている士官は、姜、頼、黄と、全員女性だけになった。

「さて、鬼の居ぬ間に……」と姜三佐は、足下に置いた二〇リットルの小さなザックに手を突っ込み、洋菓子の箱を出した。

「晩ご飯を用意する暇はないけれど、これ、神戸にある行列ができるケーキ屋さんのスウィーツです。われわれだけで頂きましょう」

と黄中尉に差し出した。

「あ、済みません！　何から何までホテルみたいで」

と黄中尉が嬉しそうに受け取った。

　姜は、一応、隣のリベットに「食べないわよね？」と確認した。

「どうぞどうぞ！　われわれには台湾軍からの差し入れがありますから。あでも、ボスのために一個は取って置いた方が良いですね。あの人、そういうことは根に持つ人だから」

　とリベットは応じた。彼もサポートする新竹の状況は、呑気にお茶していられる状況では無かった。


　新竹は、酷い状況だった。七〇〇メートルを前進し、精華大キャンパス沿いの光復路《グアンフールー》二段まで辿り着いた。ここも片側三車線で、しかも中央分離帯には植木まである。

　そして、道路の反対側には、数十メートル置きに防御陣地が構築されていた。精華大学キャンパスの壁から一号線まで一キロ。敵は一日で、それなりの陣地を築いていた。

　土嚢作りというわけにはいかなかったが、そこいら中から建築資材や壊した壁のコンクリ・ブロックで、銃座付きの壁を作っていた。それなりの作りだった。重機関銃の弾は防げそうになかったが、軽機関銃の弾くらいは止めるだろう。

　手っ取り早く、スイッチブレードを発射して上から潰そうと試みたが、なんと迎撃された。それもドローンで。スイッチブレードが降下モードに入った瞬間、下から打ち上げられたドローンが激突して破壊した。

　ウクライナを救った最新兵器だったが、二発、迎撃された所で、発射を止めた。それから、地道な攻撃に切り替えた。

　原田一尉は、光復路二段から千メートル手前の指揮所で、「王少佐《ワン》……」と日本語で話しかけた。

「どうして、台湾の道路はどこもこんなに広いんですか？　それなりの建設費と維持費が掛かりそうなのに」

「ああ。確かに。私が留学していた京都の道を考えると、全然違いますね。基本的には、戦車道です。履帯を付けた軍用車両と、軍用トラックが楽に走れるようにという配慮でしょう」

「今時の日本で、こんなに幅広い道があるのは名古屋だけです。いわゆる名古屋道路。日本は、高速を走らせる時でも二車線ですからね」

「私も東京の首都高は走れませんね。あんな路地裏みたいな細い道でお金を取ったら、台湾人は怒りますよ」

原田は、無線で田口&比嘉組を呼び出した。

「リザード、間もなくガーディアンが配置に就く。始めてくれ」

「リザード了解。ストーム・ブレーカーは来るのですか？」

「わからない。要請は出してある。EXは別の作戦で出払っているそうだ。来ない前提で戦うしかない」

「了解。照明弾要請！」

田口と比嘉が預かる二個小隊も、すでに三名の戦死者を出していた。田口らは、一分以上、同じ場所に留まらないよう注意した。立ち止まると、すぐ攻撃用ドローンが飛んでくる。

田口は、ドレッサーとワーステッドを呼んで指示を与えた。

「まもなく照明弾が上がる。ヤンバルが持っているGM6で、この正面の陣地を壁ごとぶち壊す。破壊して、道路を渡って制圧占領する。道路を渡る間、その陣地の両側から撃たれることになる。それを防ぐために、ヘネシーとニッカを両翼に配置した。俺とヤンバルが向こうに渡り終えるまで、敵の頭を抑えるよう伝えてくれ」

「走れば良いんですね！　でももし伝令の俺たちが途中で流れ弾を喰らって倒れたら？」

「伍長らはベテランだ。GM6の射撃が始まれば、こっちの意図に気付いてくれるだろう」

「わかりました。やっちゃって下さい！」

二人は反対側にかけ出していく。

比嘉は、スーパーにありがちな買い物カートの下に、重しとなる二キロほどの石を置いた。

「こんなもんで良いかな」

照明弾が上がった。比嘉がカートを押し、建物と建物の隙間にカートを突っ込んで足で蹴った。

その人間ひとりどうにか通れる空間には、ブービー・トラップのワイヤーが張ってあって手榴弾が二個、ゴミ袋の下に隠されていた。この手の仕掛け爆弾で、すでに二名が戦死、重症者がその三倍出ていた。

田口は、その場にいた兵士たちに「口を開けろ！」と命じた。

突進するカートがワイヤーを引っかけて爆発する。手榴弾程度ではせいぜい鼓膜が破れる程度だが、大きな爆発だと、それで身体が破裂する危険があった。鼓膜を守るためではなく、爆風で押された内臓が圧迫され、その内圧による人体破壊から守るためだった。

比嘉が、その隣のパソコン店の裏から駆け出し、GM6リンクス対物狙撃ライフルを撃ち始めた。

この辺りは、個人経営の小さなパソコン・ショップだらけだ。パソコン修理店にパーツ屋。

コンクリブロックを積み上げた陣地に五発撃ち込むと、愚連隊兵士が飛び出し、手榴弾を一斉に放った。一個が立ち木に当たって戻ってきた時はぞっとしたが、幸い、放置車両の下で爆発した。

車一台破壊しただけで済んだ。田口が道路を渡った時には、もう愚連隊の部下たちが、生き残った空挺兵に留めの一発を撃ち込んだ後だった。

比嘉は、道路東側の陣地に向かって発砲を続ける。北側の陣地の兵士は、しばらく攻撃に耐えた後、反撃せずに後退した。

これでようやく陣地を三つ潰した。

原田は、ドローンの映像でそれを見ていた。

「リザード、そこは狙撃されそうか？……」

「いえ。濃い立ち木が覆い被さって、南側のビルからは目隠しされています。狙わずに撃てはしますが、狙撃は無理です」

「了解。では、突破口として確保してくれ。その辺りに回廊を設ける。森の中、どの辺りまで進めるか確認頼む。行けるようなら自分も追い掛ける」

「リザード、了解」

田口は、小隊全員が道路を渡り、陣地の確保を確認してから、交通大学北側の森の中へと入るよう命じた。そこいら中、ブービー・トラップがあるはずで、それもワイヤー・トラップだけではないだろうから、走るな、細心の注意を払え！　と命じた。

彼らは暗視ゴーグルを持たない。照明弾だけが頼りだった。

指揮車両〝ベス〟の指揮コンソールでは、司馬が出撃の身支度を調えていた。

「ねえ。リザードに、もう少し待つように言ってくれない？」

「タイミングが全てです！　今突っ込めなければ時期を逸します。それに、あの森の中には敵はもういません。深夜になれば、出番もありますよ」

ガーディアン戦闘ヘリが近づいていた。指揮コンソールから作戦用テーブルを挟んだドローン操縦席で、フィッシュこと水野智雄《みずのともお》一曹が一機のドローンを操縦していた。この操作卓では、タブレット端末も使って、時に一〇機以上のドローンを操縦することが出来る。

「そっち、準備は良いか?」

と待田が聞いた。

「いつでもどうぞ」

「では三〇秒、カウントダウンで」

水野は、工場の駐車場でホバリングしていたオクトコプターの高度を徐々に上げた。レーザーデジグネータを吊り下げている。

ガルは、戦闘ヘリが後方の演習場上空でゆっくり高度を上げるまで待った。演習場からここまで七キロ。ヘルファイア対戦車ミサイルのぎりぎり射程圏内だ。

肉眼では見えないレーザー光線を陣地の一つに当ててロックすると、後はオクトコプターがそのポジションをキープし、レーザーデジグネータが目標を照射し続ける。

その数秒後、ヘルファイア・ミサイルが発射され、レーザーに誘導されて、真っ直ぐ敵の陣地に突っ込んだ。

直ちに次の目標に移るべくドローンを移動させる。二箇所目の陣地を破壊した所で、敵の攻撃用ドローンが上がってきた。

「いったんブレイクする!」

ドローンは、予め決めていたルートで回避行動に移った。それを敵のクアッド型ドローンが追い掛ける。開《ひら》けた畑の上に出ると、真下には、味方のショットガン二挺が待ち構えていた。

ドローン二機が追い掛けてきたが、二機とも撃墜された。

水野は再び、次の陣地攻撃へ向けてドローンを向かわせたが、また新手のドローンが追い掛けて来た。今度は、敵も重量級オクトコプターを出して来た。

「速い！――」

しかも左右に回避行動しながら飛んでいる。挙げ句に、こちらのドローンに体当たりはせず、五〇メートルほど真上を通り過ぎただけだった。

ターゲットをミスったのか？　と一瞬思ったが、そうではなかった。こちらのドローンは、交差した瞬間、コントロールを失って墜落した。コントロールを失うというより、電力を失った感じだった。

「フィッシュ、何が起こったのよ？」

「ドローン攻撃用ドローンですね。たぶん、ある種の電磁パルス攻撃だと思います」

「了解、ストーム・ブレーカーはまだ？」

「向かっています！」と待田が答えた。

「出かけても良いわよね？　外のキックボードを借りるけれど……」

「はあ……。隊長がキックボードで？　そりゃ写真の一枚くらい撮っておいた方がいいですかね？」

「ここにイタリア製のヘリとか、ドイツ車は置いてないでしょう？　どうせ橋の向こうはでこぼこだし」

「仕事が残っているかどうかわかりませんからね」

と待田は念を押した。

司馬は、迷彩ドーランの塗り上がりをコンパクトで確認すると、彼女の頭部をレーザー計測して作ったオーナーメイドのＦＡＳＴヘルメットを被った。

「まあ、無ければ作るのが仕事というものよ」

司馬がハッチを開けて出て行った。

待田は、接近するＥＸ戦闘機の二機編隊に、目標とするＧＰＳ座標データを送った。

大陸にＭＡＬＤ攻撃を仕掛けた部隊が引き返して来る所で、一部はストーム・ブレーカーも装備していた。

「しかし、米軍てのも不思議な軍隊だよな。こんな重爆撃機を持っているのに、未だにＡ‐10攻撃機を手放そうとしないんだから」

と水野が言った。

「あれはまあ、戦場のロマンだからな。戦場で孤立した時、ストライク・イーグルとＡ‐10、どっちに来てもらいたいか？　と問われたら、みんなＡ‐10を選ぶと思うよ」

ＥＸ戦闘機が、新竹県の遥か手前でストーム・ブレーカー滑空爆弾を投下する。二機の戦闘機は、戦果を確認するために、光学センサーで確認できる位置で接近し続けた。

新庄機も、左エンジン・インテイク下に吊り下げたスナイパーポッドで、投下した滑空爆弾を追い続けた。右側には、対空目標監視用のレギオン・ポッドが吊り下げられている。滑空爆弾は、こういう突発事態に備えて、胴体センター後部に四発装備していた。

「これ、陣地一つ潰すのは良いけれど、こういう戦場ではまだまだオーバーキルですよね。あたし、もっとでかい爆弾が良いと思ったけれど、１ポンドくらいの爆弾の方が良いかもしれないですね。そうすれば、狙った建物の、部屋一つ破壊できる。上下の階を破壊せずに」

「最近の小型爆弾は爆発威力の調整が出来るものも出て来ているけれど、どちらかといえば、武装ヘリ向きよね。あるいは、スイッチブレードみたいなドローンで」

チャン少佐は、モニターの中で、自分たちが投じた滑空爆弾全弾が、目標に命中したことを確認した。立ち木が目隠しとなっていて、陣地が破壊されたかどうかは直接確認できないが、少なくとも座標上は全ての目的を破壊したはずだ。

「帰りましょう！　桃園もなんだか大変みたいだし」

「変ですよね。われわれは挽回して、海峡の制空権も奪還したのに、どうして地上部隊は苦戦しているんですか？　正規軍はいったいどこで戦っているんですか？」

「全くよねぇ……。桃園なんて、陸軍一個連隊もいれば片付く話なのに」

新庄は、編隊を組む仲間と共に、下地島への帰投コースに戻った。

地上では、例によって一番乗り競争が始まっていた。一番最初に、味方部隊と接触できた者には、またしても一万ドルの報奨金を出すと王少佐が宣言したせいだった。

そのせいで、ブービー・トラップと銃撃戦で三名が戦死した。だが、交通大学のキャンパスに入ることは出来た。

台湾人兵士一人が、森の中に入ってきた学生との接触に成功した。その若者に案内されて、大学の体育館に辿り着いた。入り口に「救護所」と大きく書かれた看板が立っていた。

田口と比嘉がその中に入り、原田を呼んだ。このキャンパスは、なぜか建物が酷く不規則に建てられていた。この暗闇では、案内なしにはとても歩けない感じだった。

体育館の二階の階段状の観客席では、住民らが雑魚寝している。入り口手前からは、まるで川のようだった。ドラム缶でぶちまけたような血溜まりがあちこちに出来ていた。

　そして、卓球台が何台も並べられ、敵味方双方の衛生兵で、負傷兵の治療が続けられていた。全員マグライトで治療に当たっていた。

　メディックバッグを担いだ原田と蔡《ツァイ》中尉が現れると、死体を担いで外に出そうとしていた中年男性が、「ああ、貴方たちか……」と日本語で顔を上げた。

「依田《よだ》参与！　貴方を探していたんです。この街のオフィスにいらっしゃるだろうことはわかったのですが……」

「このポンチョにくるんだ遺体をそこの競技場に置いてくれないですか？　ここの犠牲者の数をアピールするために、上から見えるようわざと開《ひら》けた外に置いている」

「それはこちらでやります。ご子息のことをご存じですか？」

「いや。ですが、台湾全土で、少年烈士団が結成されたそうだから、息子も参加したのではないですか？」

「桃園空港にいます。その烈士団の一人として。昨夜激しい戦闘があり、今も夕方から戦闘が始まっています。ご子息に避難をお願いしたのですが……」

「またご迷惑を掛けたのですか。申し訳ない」

　淡水《ダンシュイ》での捜索を原田小隊に要請した過去があった。ほんの一週間前の出来事だ。

「しかし、友人も一緒だとなると、息子だけ逃げ出すわけにはいかないでしょう」

「ここはどうなっているのですか？」

「ここは、まず安全区域です。聖域として、この建物は台中双方攻撃もしなければ、武装兵は近づかないという暗黙の協定が出来ています。負傷兵が出たら、双方、近くまで運んで来て、そこで待機している学生ボランティアに引き渡す。ここへ来て、台湾、解放軍双方の衛生兵と医者が協力して対処する。もっとも、医者は一人しかいませんが……。息子の友だちの父親で、予備役の軍医です」

「あの淡大の野戦病院を仕切っていたドクターですか？」

「ええ。優秀ですよ。それで私もここに踏み留まり、手伝っている。逃げるタイミングも逸した。あとで息子に弁解できないですからね。友だちの父親をおきざりにして逃げて来たなんて」

「軍隊はどこですか？」

依田は、脱力した顔で少し笑った。

「いや……、いますよ。どこかでまだ戦っています。誰も彼らを非難は出来ない。死傷者は、台湾軍の方が圧倒的に多いのですから」

「自分もしばらくここをお手伝いします。われわれが仕掛けたことで、敵の負傷兵がまた担ぎ込まれるでしょう。何十人も」

蔡中尉が、「指揮所はどこですか？」と依田に聞いた。

「ああ、台湾軍の……。どこだろう。的になるからサイエンスパークの中心には作らないという噂は聞いたが、そんなものがまだ無事なのかどうか」

「探してきます！」

「ちょっと待って下さい。安全なのはここだけです。民間人と負傷兵以外が、こことサイエンスパークを往き来することは許されない。そういうルールで、現に、新案路《シンアンルー》から向こうへは行けない。敵が守っているはずです」

「突破出来るか探ってみます。部隊をお借りして良いですか？」

と中尉は原田に尋ねた。

「わかりました。貴方の指示で動けるよう二個小隊預けます。行って下さい！」

蔡中尉に、田口&比嘉の二個小隊を付けた。どの道、味方との連絡ルートは確保しなければならない。一方で、敵の負傷兵を受け入れることも引き続きアピールする必要があったが。

司馬が現れた。高文迪《ガオウェンディ》の父親・高慧康《ガオフィカン》医師とは、淡大野戦病院以来の再会だった。

「貴方は、普段着より、その格好の方がお似合いのようだ……」

「ドクターもお忙しいようですね」

「私を忙しくさせたのは貴方？」

「ええ。でも、私が忙しくさせるのは、いつもは医者ではなく葬儀屋です」

司馬は、メディックバッグを降ろす原田を一瞬睨み付けた。

「後で話しましょう。貴方の仕事をしなさい」

「はい。有り難うございます」

原田はほっと胸を撫で下ろした。ここから先は、道一本挟んだだけで、サイクロトロン研究施設に、数多の半導体関連施設だ。本当は銃弾一発とて使いたくなかった。

第七章　ケルベロス

少年烈士団の二〇〇名余が、桃園空港東側の滑走路エリアに掘り巡らされた塹壕の中にいた。もう陽が落ちてから移動させられたせいで、自分たちがどこにいるのかよくわからなかったが、オフラインでも使えるスマホのＧＰＳマップが役に立った。

健祐らが配置されたのは、空港のほぼ南東の角だった。

滑走路の舗装面が尽きた辺りで、ここより南側に、もう一校、公立学校の面子が配置されていた。滑走路は、所々弾道弾攻撃で巨大な穴が開いたままで、その穴を繋ぐ形で、ターミナル・ビルから頭を出さずにフェンス手前の塹壕と往き来できるようになっていた。

塹壕は、真っ直ぐ掘られているわけではない。近くをカバーしあえるように、ジグザグに掘られている。これは、塹壕の一部が敵に乗っ取られた時の対策でもあった。

その塹壕も、乱暴に掘られている。左右の見通しは一〇メートルも無かった。これは塹壕内で撃ち合いになった時に、犠牲を最小に留めるためと、敵を足止めするためで、ただ滑走路に沿って掘られているだけなのに、迷路に迷い込んだような錯覚も覚える。

　昼間、ここを歩いた時も酷い場所だと思ったが、暗くなってから入ると、全く身動きできなくなる。実際は一本の径なのに、友だちとはぐれたら戻れなくなりそうだった。

　所々、銃座用の土嚢が外に積み上げてある。足下は相変わらず水が溜まっている。

　灯りは無かった。雲が張っているのか、全土の停電で星が見えてもいいはずなのに星ひとつ見えない。

　踝《くるぶし》まで水に浸かり、最初は伸ばした手の先も見えなかった。照明弾でも上がるのかと思いきやそれもない。郷土防衛隊はただの素人の寄せ集めだ。暗視ゴーグルがあるわけでもない。こんな暗闇でどうやって戦うのだろうと思った。

　空港北側ではそれなりの銃撃戦が続いている。夜空に走る曳光弾の数を数えて、味方の方が数が多いことはわかったが、勝っているようには見えない。なぜなら、その位置が全く変わらなかったからだ。勝っていれば、敵を追い掛けて、その曳光弾の筋は空港から離れて行くはずだった。

　塹壕へ歩かされた時、上空を多くの戦闘機が飛んで行った。その影は辛うじて見えた。それが戻って来るのもわかった。その時にはもう姿は見えなかったが、爆音から、多くの戦闘機が戻って来たことがわかった。

　海峡へ飛び立った戦闘機が戻って来ないと、国民が不安を覚えるという理由から、空軍は、出撃する時には人口密集地上空を飛び、戻って来る時も必ず同じコースを辿らせた。

　酷い状況だった。何もかも重かった。ヘルメットは、どう考えてもただの鉄の帽子だった。炭素繊維でもセラミックスでもチタンでもない。ただの鉄の帽子だとしか思えない。

　プレート・キャリアは肩に食い込み、マガジン四本とペットボトル一本分のザックも重い。朝までここで過ごすことに備えて、エナジーバーも一本入っている。

プレート・キャリアのポケットには、マガジン二本が入っている。たぶん、前々日、自分たちが弾込めしたマガジンだった。

暗闇に眼が慣れてきても、自分の掌が辛うじて見える程度だ。隣に立っている友だちの顔も見えない。

足下のぬかるみを何とかしたかった。土嚢を失敬して足下にほんの二つ重ねれば、乾いた足場が出来ることはわかっていたが、そんな余分な土嚢はどこにも無かった。銃座として全て計画的に積まれている。

軍が、自分らに必死に土嚢作りをやらせたわけだ。この広大な空港を守るには、全然足りてなかった。自分たちがあれほど体力を消耗して土嚢を作っていたのに、焼け石に水状態だった。

塹壕は、本線と複線の二本が作ってあり、本線の背後の滑走路寄りにももう一本作ってある。こちらはまだ作りかけで、深さが足りなかった。腰を屈めないと歩けない。だがこちらは、水は出てなかった。

たかが二メートル掘った程度で水が出る空港なんて、これで滑走路は沈下しないのか？　と不思議に思うほどだった。

銃座に就いている奴は、幸運だった。そこだけ足場が作ってある。竹で組んだ足場があって、足下を濡らさずに済んだ。

途中、防衛隊の予備役兵士が回って来て、いろいろと注意事項を教えた。空港と外を隔てる障害物に関してまず説明してくれた。空港に沿って走る細い道と空港の間には堀が張り巡らせてあり、その堀は、有刺鉄線と、鋭い剃刀状の歯がむき出しのサイクロン・フェンスで守られている。もしその堀を渡っても、高さ三メートルのフェンスと、またサイクロン・フェンスで守られている。

敵の攻撃で何カ所か破損されたが、今は全て修復されている。この塹壕から、そのサイクロン・フェンスまでは一番近いところでも一〇〇メートルから一五〇メートルはある。君たちの視力なら、狙って撃てば必ず命中する。

敵がワイヤーカッターで、そのサイクロン・フェンスを切断して突破口を開くには、一、二分は掛かるから、その隙に狙って撃てば良い。今は、そのフェンスは見えないが、敵が現れたことには誰かが気付く。その時はレッドフレアを点火して投げろ。それだけで姿は見えるようになる。たぶん照明弾も上がる。

ドローンで上空から見張っているから、もし敵が近づけば、壁に取り付く何分も前にわれわれは気付く。

その兵士が去って行った後、誰かが「C4爆薬とか手榴弾を仕掛けりゃ、フェンスなんて一瞬で破れるよな……」とぼやいた。

暗闇の中でマガジンを交換する訓練をしておけ、と言われて試したら、足下の水中にマガジンを落とす連中が続出した。仕方無いので、弾を一発ずつ抜いて、ハンカチで拭いてまたマガジンに戻した。

こんな暗闇でのマガジン交換なんてプロでも無理だろうと皆思った。

銃座は、二、三〇メートル置きに作ってある。一箇所の幅は五メートル前後、念のため、滑走路側も攻撃できるようそちら側にも小さな銃座が作ってある。

この不快な状況を改善しようとアイディアを出し合ったが、まともなものは何も出なかった。裸足になるのはどうか？　という意見が一番まともそうに思えたが、足下には、兵士が食い散らかした後のペットボトルや、ゴミが散乱している。怪我の可能性はあるし、時々、小便の臭いもしてくる。あまりに不衛生だということで却下された。どの道、今から裸足になった所で、濡れた靴や靴下が乾くわけではない。ジャージーの裾を膝まで上げるのが精一杯だ。

全員で、時々、発砲の手順を確認した。マガジンを装塡し、ボルト・キャッチを押す練習をする。今日昼間訓練した時に、「なんでコッキングレバーがないんだ？」とみんなぼやいた。いやチャージング・ハンドルとコッキングレバーは全く別物だとか、フォワードアシストって何の機能だったっけ？　と話題になったが、どうせ弾詰まりなんて起こしたらそれで人生終わりだ……、の落ちで終わった。

チャージング・ハンドルの使い方は初日にさらっと習ったはずだが、みんなほとんど忘れていた。新品の銃でもない限り、気にする必要はないということだった。要は、弾を撃つバネが後退しているか否かだけだ。

ただ、冷静になってくるといろいろと知恵が浮かんだ。たとえば、スマホは一瞬画面を点けただけで夜目が失われるが、スマホ・カメラのナイトモードは、暗視装置代わりになる。だから、みんなカメラをナイトモードでロックしたままサスペンドしておくことにした。

二時間経っても撃ち合いは続き、そして援軍が到着した様子は無かったが、今以上、悪化しそうにも思えなかった。

みんな、銃床で壁に溝を掘った。そこに銃やペットボトルを置けるようにした。あるいはスマホを。

時々、近くで小さな石ころが転がる音がするのは、たぶん流れ弾が飛んで来る音だ。だから、皆そこから首を地面に出そうとはしなかった。地面から五〇センチも頭を下げていれば安全だろうというのが、弾道計算を試みた数学教師の呂《ルー》先生の判断だった。

原田が負傷兵の手当に当たっていると、田口からエマージェンシーの無線が入った。負傷兵を一人連れて帰るとの報せだったが、原田は、てっきり台湾兵の誰かが撃たれたのだろう、と思った。

原田は体育館内を一周して、マットレスの上で寝かされる敵味方兵士の状況をざっと確認した。敵味方が並んで寝ている。世間話している敵同士さえいる。

同じ言葉、同じ民族でどうして殺し合う必要があるのかと思った。だが、原田は奇妙なことに気付いて、依田参与に聞いた。

「参与、敵の兵隊の戦闘服が違うようですね。空挺だけじゃない」

「ああ。彼らは、解放軍版の海兵隊らしいですよ。台湾軍兵士が聞いた所では、潜水艦で来たそうです。その潜水艦は、大陸と往復して、明け方にはまた兵士と補給物資も届けたとか」

そういうことだったのか……。海峡の制空権を奪還したと言っても、味方の哨戒機が飛んでいるわけじゃない。軍艦がいるわけでもない。潜水艦でなら、そういうことも出来る。渡る距離は、最短部ではほんの一二〇キロだ。一〇ノットでも六時間で渡れる。二〇ノットならその半分。何往復も出来る。

田口らが、教室のドアを担架代わりに運んで来たのは蔡《ツァイ》中尉だった。

「突然、痙攣して倒れました。撃たれてはいません。一瞬、呂律が回らなくなって。ただ、ここを出た直後、ちょっと頭が痛いようなことは言ってました。呼吸はしています」

「ああ！　硬膜外血腫だ……。卓球台に乗せて」

自律呼吸はしている。心臓も動いている。くそ！……。無理をしてでも、あのまま台北へ向かわせるべきだった。原田は、高《ガオ》先生を呼んで英語で話しかけた。

「頭を撃たれたと言ってました。ヘルメットが裂けたが助かったと。われわれと合流した時も、何度も倒れかけて、低血圧ではあるけれど、頭部外傷の可能性があるので、MRIを撮った方が良いとはアドバイスしましたが、そんな機械は今動いていないし」

「せめてCTでも動けばね。皮肉だな。すぐそこに巨大な粒子加速器があるというのに……」

高医師は、ペンライトを口に咥えると、髪の毛を掻き分けて頭部を探った。

「ああ、左側頭葉、ちょっと腫れている。意識清明期が半日以上続いたの？　それはそれで凄いな。残念だが、ここでは何も出来ない。私は外科医としてたいがいのことをやってのける自信はあるが、脳外ではない。道具もない」

「脳外の手術に参加されたことは？」

「それはあるよ。一時期、脳外に行こうかと思ったこともあった。世界中で、最も腕が良い自信過剰な医者の商売だ。だが、脳外の患者はさ、だいたい年寄りだろう？　それより、怪我が多い現役世代を助けるべきだと思って」

「ノコギリはある。先生が手足を切った血だらけのノコギリが何本も。あとはドリルですよね？　ここは工科大学だから、探せば電動だろうが手回しだろうが、ドリルくらいあるでしょう」

「あるだろうね。油まみれの不衛生な奴が……」

ここで使っているノコギリも、どう見ても医療用では無かった。

「放置すれば、もう救えません。このまま彼女は脳死です」

「仮に手術が出来るとして、救えるかどうかわからない彼女の手術に掛かっている間に、救える命五人が死ぬことになる。ここは交通事故現場じゃない。トリアージした所で、救えない命の方が多い。彼女は〝赤〟だが、事実上はもう〝黒〟だ。死んでいる」

「自分は優秀なメディックです。先生の代わりは出来ないが、先生の腕代わりは務められます。それに、頭骨を一部外して、血腫を取り除くだけの簡単なお仕事ですよ。依田参与！　学生に呼びかけて、ドリルを探して下さい。頭に穴を開けられるドリルならどんなものでも良い」

依田が早口で学生に呼びかけると、一斉に散って行った。

「わかった。誰か石鹸か何かくれ。それと、君らバヨネットとかいうのを持っているだろう。髭が剃れるくらいシャープな刃物をくれ！　髪の毛を剃る。ホッチキスも要るぞ！　探し出せただけのホッチキスを持って来い！　外した頭骨を閉じなきゃならない」

原田は、メディックバッグからケタミンのアンプルと抗生剤の輸液パックを出して手術の準備を始めた。手術道具一式とはいかないが、外科医が必要とするものは、それなりに用意したつもりだった。次からは、脳外用のドリルも入れておかねばと思った。

「君の所の軍隊は、世界で唯一、軍専属の医科大を持っているんだろう？」

「ええ。外傷はたいしたことありませんが。伝統的に、産科とか糖尿病とか、良い医者が揃っていますよ」

「わからんな。軍の医科大に産科があるのか？　どういう話だ？」

「うちは戦争はしない軍隊で、社会はまま平和で、銃創患者を見る機会もない。軍医の大半は、毎日、自衛隊員の水虫を診て、あるいは肥満ぎみの兵士に血糖値を注意し、軍務が明ける日を指折り数えて待っている。そして、シャバに出た時に、食える技術がもっぱら重宝されるわけです」

「ありそうな話だな」

田口が、指揮車との無線に出ていた。

「ガルは何だって？」と原田が聞いた。

「サイエンスパークに入れたか？　と」

「そんなの上から見ていればわかるだろうに。入り口は見つかった？」

「いえ。固いですね。郷土防衛隊が全滅したのもわかります。大きな建物が壁のように聳えている。ある種の城塞都市です。一度立て籠もられたら、攻め辛い。中に味方がいるとしたら、この構造を利用して立て籠もっているのでしょう。敵はそれを包囲しているが、敵にしても攻め辛いのだと思います。司馬さんが立ち往生するくらいですから」

「無理はしないでくれ」

「それと、例のモールス信号の出所を確認して無線発信を止めさせました。学生が無線機を手作りして助けを呼んでいました。モールスはＳＯＳしか知らなかったようです」

「無事に助けられたのなら、結果良しだね。彼の一生の勲章になる」

「いえ、女学生でしたよ。では、自分らは戻ります」

「念のため、担架を持って行ってくれ。台湾の衛生兵が使っているザックのフレームだ」

「小隊長のとは違うんですか？」

「オックスフォード・アカデミーの軍事医学誌で広告を見たばかりだ。最新型モデル。さらに使い勝手が良くなっている。ウクライナ戦争で、軍事医学は二〇年分はブーストされた。皮肉だが、兵隊が死んだ数だけ、兵士の救命率は向上する」

田口は、台湾兵にその折り畳み式の担架を持たせた。普段はザック式のメディックバッグのフレームとして衛生兵が背負っているものだった。

長い夜になりそうだった……。


上海国際警備公司の王凱《ワンカイ》陸軍中佐は、空港北端にある航警局保安大隊詰め所まで前進していた。建物はもちろんもぬけの殻だ。王中佐の部隊はすでに南崁渓《ナンカンシー》を渡って、事実上空港敷地内に入っていた。

中佐は正面フロアに陣取って指揮を取っていた。敵の防御陣地の硬さに少し呆れていた。ただの土嚢作りなのに、まるでコンクリートで造ったトーチカのように固かった。

劉龍《リウロン》曹長が、暗闇で輝度を落としたタブレット端末を見せた。

「軍用犬《ケルベロス》が到着します」

「何頭？」

「十二頭です。発進した時は、十六頭いたはずですが、恐らく洋上を五〇キロ以上飛んで来たはずです」

「たった十二頭の犬を運ぶために、四機の爆撃機と、護衛戦闘機十機以上が撃墜された。その威力を見せてくれれば良いが」

「台北からの増援部隊は、襲撃現場で散り散りになり兵士らは逃げ出しました。奇襲効果も得られるでしょう」

「よし、こっちで制御できる？」

「はい。この手の武器は、衛星リンクでの操作には不向きです。タイムラグが無視できないので。しかし、AI制御でも十分仕事はします」

「よし、一頭をターミナル・ビルの真ん前に降ろしてやれ。二頭は、空港西端、二頭は東側滑走路に。残りは、この北東端の敵陣地の背後に降ろしてやれ。AI制御と手動で。味方が撃たれる心配はないのか?」

「あります。その場合は、手動で引き金を制御するしかありません。しかし、もし弾を撃ち尽くすまで無事なら、味方がいる所まで呼び戻して再装塡はできます」

「いろいろ試してみて実績を作るしかないな。やろう。メーカーは海外にも売りたいらしいから」

大型のオクトコプターが空港エリア内に飛んで来ると、各所に荷物を降ろした。降ろすか降ろさないかの寸前にほとんどのドローンが攻撃を受け、中には高度二〇メートルから落下した荷物もあったが、その四角い物体は、地面からむくりと起き上がって動き始めた。

第1ターミナル・ビル正面では、その瞬間四名の兵士が出入りしていたが、〝ケルベロス〟は瞬時に脅威判定を行い、銃を両手で握っていた歩哨の兵士二人に一発ずつショットガンをお見舞いした。弾が入り口のガラスを吹き飛ばす。銃を肩に担いでいた兵士は無視された。

その二人の横を悠然と歩いてターミナル・ビルに入って来る。指揮所方向に人間の姿と体温を検知し、そちらへと向かった。一般人とは違う軍人のフォルムを検知したが、銃を持たない人間は無視した。

ピストルを構えた兵士がいたので、一発撃った。さらに、アサルトを構えた兵士を二名。ようやく人間側が反応して、アサルトの引き金を引いたが、

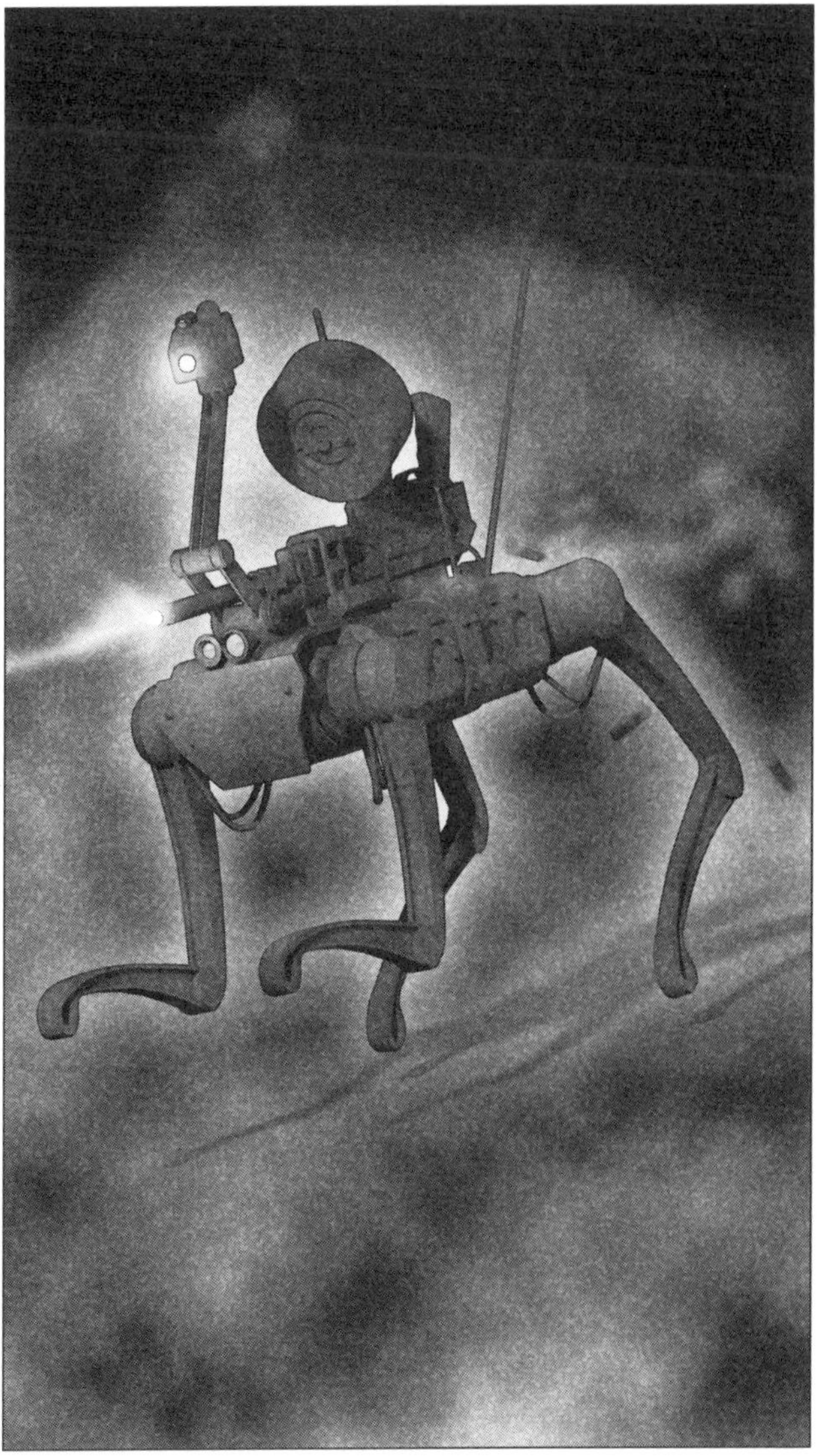

胴体を掠っただけだった。正面からの被弾面積はほんの僅かだ。マガジンとバッテリー部分は、防弾仕様になっていた。

命中させるのは難しかった。ケルベロスは結局、外から突進して来た兵士に抱きつかれてひっくり返されたが、身動きがとれなくなるまでの間に、八名の兵士を射殺していた。

空港東側の陣地はもっと悲惨だった。陣地の真上から投下されたケルベロスもいた。ショットガン・タイプとアサルト・ライフル・タイプがいた。四体が着地し、殺戮を繰り広げた。一頭を倒すまでの間に、ケルベロスが持っている銃弾の半数の郷土防衛隊兵士が倒された。

そして、東側滑走路の塹壕の少年らも狙われた。大空から何かが降りてきたことはすぐわかった。大型ドローン特有の大きな騒音が数百メートル離れた所まで聞こえたからだ。

空港のあちこちで銃撃戦が起こり、曳光弾が夜空を焦がしていた。そして、そのドローンが着地する寸前、近くの烈士団を引率した教師が、レッドフレアを点火して投げた。何か黒い物体が地面で蠢いているのがわかった。その物体は、空港敷地の外ではなく、中に降りていた。それも滑走路の真上に鎮座していた。

健祐はその時、外側を向いた銃座にいたが、後ろを振り向いて背筋が凍り付いた。逆関節型の脚を持つ四足ロボットだということは瞬時にわかった。胴体から細い首が持ち上がっている。まるで白鳥のような細い首だった。その首には頭があり、赤い眼がひとつあった。そこから真っ直ぐ、赤い光が伸びてくる。たぶんレーザー測距儀の類いだろうと思った。それが地上を舐めている。

誰かが滑走路側の銃座に取り付いて引き金を引いたが、もちろん全く当たらない。逆に、その軍用犬ロボットは、瞬時に反応した。たった一発で射手を黙らせていた。

「逃げろ！――」という叫び声が聞こえてくる。

同時に味方の発砲も始まった。胴体に命中して火花が散るのがわかったが、びくともしなかった。

射手を一人、また一人と倒していく。首を左右に振りながらこちらに移動してくる。

その更に向こう、フェンス側にも一頭蠢いているのが見えた。

健祐は、首を竦めていったんどぶの中に降りた。少年らが、悲鳴を上げながら、その塹壕を走って逃げてくる。あっという間に渋滞が発生して阿鼻叫喚の地獄になった。

「AI制御だ……」

「何だそれ？」

と高文迪《ガオウェンディ》が、マガジンを銃に突っ込みながら聞き返した。

「人は操縦していない。人間の操縦にしては、反応速度が速すぎる。あれはAI制御で撃っている」

「だったら何だ！」

呂宇《ルーイー》先生が「逃げろ！　ただしゆっくりと整然と移動しろ」と怒鳴りながら、自身は結構急いで生徒達を急かせていた。

「AIなら騙せる！」と健祐が声を張った。

「どうやってさ？」

「フレーム問題だよ！　AIはフレーム問題に対応できない。だからいつまで経っても自動運転車はものにならないと親父が言っていた」

「行け行け！　みんな立ち止まるな！――。逃げろ逃げろ！」

と呂先生が怒鳴っている。

「スマホを持った人間が、横断歩道を渡るつもりなのかどうか、その程度のことですら、AIは判断できない。立ち止まった自転車が、左折するのか直進するのかも、ドライバーなら、大雑把に見当がつくが、AIにはまだ無理だ。そういう条件が重なり合うと、幾何級数的に処理情報が増えて――」

健祐は、呂先生の肘を摑んだ。

「先生！　FPSゲームと同じです。狙撃兵が現れたら、仲間と協力して倒す。あれと同じだよ、ウェンディ。囮で敵の注意を引いている間に、狙撃手を倒す」

「無茶を言うな！　その囮は一瞬で倒されるぞ」

と呂先生が首を振る。

「いや、あのセンサーは、マズル・フラッシュに反応している。けど、この塹壕の中から銃口だけ出して引き金を引けば、身は守れる。あの高さからここを狙って撃っても、地面を抉って、俺たちに当たることはない。囮は安全に囮の仕事が出来るんですよ！」

「だが、防弾だぞ……」

「でも戦車じゃない。倒せます！」

「無茶だ」

「行けるかも、行けるかも知れない！」

と高が賛成して怒鳴るような大声で言った。

「ケンスケ、お前は囮役を指揮しろ！　俺と呂先生で奴を倒す。さあ先生！　邪魔になるから、嫌ならとっとと逃げてくれ！」

皆ぞっとしていた。ギーコ、ギーコと、脚部のモーターが動く音が遠くから聞こえていた。そして、時々、塹壕の縁に赤いレーザー光が当たる。可視光にする必要はないのに、あれはたぶん、わざと敵を脅すためだろうと健祐は思った。ディストピア世界を描いた何かのSFドラマのようだと思った。

呂先生も腹をくった。

「よし、みんな！　マガジンを銃に入れ、何だったか、なんとかいうボタンを押せ！　左側、マガジンの上にある奴だ。それでパチン！　と反動があったら撃てるということだ。銃口を上に立てろ。立てたままゆっくり拡がれ！　固まるな、隣とひっつくな」

彼らの隣を、公立中の生徒たちが押し合いへし合いしながら逃げて行く。

「いいか！　銃口だけを地面の上に出すようにしろ。そして空へと向けて、一発ずつ撃つんだ」

「ケンスケ、あいつが、自分に向けられたマズル・フラッシュと、空へ向けて撃ったマズル・フラッシュを区別できたとしたら？」高が聞いた。

「俺はできない方に賭ける。普通、敵が撃ってくるときに、空に向けて撃ったりしないだろう。そんなことは想定していないさ。みんな耳栓を確認しろ！　ロボットが転けたら、次は身を乗り出して撃ちまくるぞ！」

塹壕は二メートルの深さがあるが、足を引っかける場所はあちこちにあった。フェンス側を見張る足場に立っても何とかなるだろう。

呂先生が、レッドフレアを点火して前方へと投げた。とたんにレーザー光線が向かってくる。

呂先生と高は、二〇メートルくらい距離がある隣同士の銃座に陣取った。

健祐はしわがれ声で、「セフティ・ロック解除！銃床をしっかり肩に当てて、銃口は、斜め上！　撃て！　撃てー！」と叫んだ。

全員一斉にとはいかなかった。てんでバラバラで、セフティ・ロックを外し損ねた奴も、間違えてマガジン・リリース・ボタンを押した奴も、いきなりフルオートで撃ち始めた奴もいた。

だが、ほぼ、ほぼ！　一斉発射になった。その銃撃は、空へと向けた奇妙な攻撃だった。そして、その音を聞きながら、銃座から銃身を出した呂先生と高は、単発で引き金を引き続けた。なかなか命中しない。しかも敵は移動している。こちらへ向かってくる！

だが、高少年は、四発目で手応えを感じた。二〇〇メートルは離れているが、狙った場所に弾が飛んでいるような気がした。

軍用犬は、首を左右にして戸惑っている感じだった。なぜか、撃っては来ない。そして、五発目、ついに命中した。胴体に命中して、一瞬よろけたように見えた。

呂先生の弾はまだ当たらない。

「情けねぇな！　数学教師のくせに……」

健祐は、塹壕を挟んでフェンス側に降りてきたもう一頭のレーザー光線が近づいていることに気付いた。頭から綺麗に抜け落ちていた。認識していなかった。

滑走路上にいる奴より距離があるが、ウェンディと呂先生は背中を取られている。

「みんな撃ち続けろ！　撃ち続けろ！――」と叫んで、フェンス側へとまず頭だけ出した。南端で燃えているレッドフレアが消えようとしていた。だが、奴の赤い眼のお陰で、そのロボットの位置はわかった。

まるで、あれは……、『バスカヴィル家の犬』だ……。それほどまでに不気味だった。小学校の高学年、北京語で書かれたシャーロック・ホームズの本を読んで震え上がった。どんなホラー映画より恐ろしかった。

だが一方で、しめた！　と思った。一瞬、胴体の側面が見えた。ということはつまり、銃口はまだこちらに向いていないということだ。首の頭がこちらに向いているだけだ。

ＦＰＳゲームはそんなにやりこんでいるわけで

はない。父親とは、そのゲームを走らせているグラボの性能に関して議論することはあったが、クラスのみんなと比較しても、自分は明らかにその手のゲームにはまっている方ではなかった。

「マガジン交換に備えろ！」

健祐は、始める前に、引き金を引き尽くして、マガジンを空にした。そしてマガジン交換だ。本物の鉄砲なんて、ただ重たいだけじゃない。こいつは厄介者だ。何もかもが異様に固いと思った。マガジン・リリース・ボタンを押せば、重力に従ってマガジンは勝手に落ちると教えられたが、大嘘だ！　あちこち引っかかった。そしてマガジンを入れ、ガチャッ！　と叩き込むように入れる。それから何だ……、ボルト・キャッチだ。ボタンを勢いよく押すと、中でバン！　と反動がして弾が薬室に押し込まれる。

その状態で一発空に撃ってみた。問題ない。弾は出る。

健祐は、大きく息を吸い込んで吐くと、フェンス側に向いた銃座に一気に身を乗り出した。そして、赤いレーザー光が揺らめく場所へ一発撃った。どこへ弾が飛んだのかさっぱりわからない。泣きたくなった。

二発、三発と撃つ。マガジンに曳光弾が入っていないことはわかっている。自分で詰めた弾だ。だが、一発が、そいつの後ろのフェンスに命中して火花が散ったことで、感触がわかった。

奴の前足が動いてこちらを向いてくる。健祐は、その小さな的に向かって一発ずつ引き金を引き始めた。当たれ！　当たれ！――。遂に一発当たった！　だが胴体真正面の装甲に弾かれて火花を散らしただけだった。

反対側で、ウェンディが連射を始めるのがわかった。「コノヤロー！　コノヤロー！」と怒鳴りながら。

二発目がどこかに当たったが、遂に敵は撃ってきた。弾がすぐ左側の土嚢に命中して砂が舞い上がった。自分が狙われている。

健祐は、サムライだ……、サムライだ！……、と念じた。俺はサムライの国から来たんだ。ここからは逃げられないぞ……。

さらに引き金を引き続ける。結果として、健祐の連射速度があまりに遅かったことが幸いした。軍用犬ロボットは、弾が命中して敵を倒したものと判断し、狙うべきターゲットを次の目標に移した。高少年の背中を狙おうと四足を動かして姿勢制御したほんの一・五秒の間に、健祐が撃った一発が、左前脚のヒンジ部分に命中した。僅かだが、機能不全に陥った。それでも動くことは出来たが、狙いを定めるのに十倍の時間を食うようになった。

その間に健祐に加勢が現れて、ようやく撃ち倒した。リチウムイオンにパッと火が点いて、爆発的に燃え上がった。撃ち倒すことに成功した！

何もかもが間一髪と、恐らくビギナーズ・ラックと、とにかく恐ろしいまでの幸運のお陰だった。

健祐は、銃を地面に放り出すと、足場からドブに降りて、へなへなと塹壕に倒れかかった。一瞬深呼吸して「そっちはどうだ？」とウェンディに聞いた。

「最後はバラバラにしてやったよ。ザマァみろだ！　私立学校生を舐めんなよだ」

喉がカラカラだった。身体の震えが止まらなかった。死ぬかと思った。いや、確実に死ぬと思った。

呂先生が、全員の無事を確認するために、マグライトを点して移動し始めた。人数を数えている。ターミナル・ビルではまだ激しい銃撃戦が続いていた。

「全員無事だ！　全員無事だ！――」と呂先生が叫びながら移動する。

「救助活動を行う！　ウェンディ、救急ザックと、三人連れて付いて来い！　ケンスケ、残った生徒の指揮を取れ！　また次があるかも知れない。油断はできないぞ。空も見張れ。それと、ターミナルの陥落に備えて脱出も想定しないとな」

「逃げるんですか？」

「そうだ。だけどさ、フェンスを切れないだろう。ペンチ一本ない！　西端まで移動して脱出するしかないな。もちろん、投降して捕虜になるのも考えている」

「よくやったケンスケ！」

　とウェンディが大きく肩を叩いて通り過ぎる。

「明るくなったら、残骸を抱えてみんなで記念写真を撮ろうぜ！」

　俺たちは、正気じゃないと思った。だが、さっきアドレナリンが出まくって正気を失ったのは、自分だと思った。二度とご免だ。馬鹿げた思いつきで、みんなを危険に晒した。こんな馬鹿げたことは、とても家族には話せない……。

　空港南端で、公立中学を引率した教師一名、生徒二名が死亡。重症者二名が、後に野戦病院へとかつぎ込まれた。


　空港への敵の襲撃が始まってすぐ、コンビニ・スタッフ全員が、地下空間へと避難した。地階の、普段はレストラン街のエリアだ。やることもなく、台湾人スタッフにはそのまま寝るように告げたが、小町ら四人の日本人スタッフは、指揮所と反対方向のコンビニへと戻り、段ボール箱から商品を出す作業を再開した。

　正面出入口のガラスが割れた時も、流れ弾だろうと思った。もうその程度のことには不感症になっていた。

台北の総支社本部では、店の内外の監視カメラ情報を台湾人スタッフが監視していることになっていたが、全員が避難していることになっていたので、誰もモニターに注意は払っていなかった。

後日、そのカメラに、ターミナル・ビルに侵入してショットガンを撃ちまくる軍用犬が映っていることがわかった時には、大騒ぎになったが……。

ターミナル・ビルで発砲が始まると、日本人スタッフ四名は、事前の打ち合わせ通り、カウンターの内側へと直ちに避難した。別に防弾構造ではない。ただ、敵兵から身を隠すためだった。

ようやく銃撃が収まると、指揮所方向から怒号や悲鳴、うめき声が聞こえてくる。悪夢のようなうめき声だった。

「助けなきゃ！」

と知念ひとみが、コンビニを飛び出した。小町らも続く。

銃を持った李《リー》将軍がほんの数名の部下を連れて外へ出ようとしていた。

「おい、そこの青年！　フットボール選手、付いて来い！――」

と小町とコンビを組む霜山悠輔を指さして怒鳴った。

「フットボール選手に来いって言っているよね？」

と霜山が小町に聞いた。

「え？　行くの？――」

「もう安全なとこなんてどこにもない！」

酷い有様だ。ホールの入り口は血の海、奇っ怪なロボット軍用犬は兵士に取り押さえられた状態で、まだ脚をバタバタさせていた。赤い眼が光り、そこから赤いビーム光線が出てバタバタ暴れている。この殺人兵器は何？……、と思った。兵士らが、電源を切ろうと四苦八苦している。

照明がほとんど無い。今はコンビニのライトも落としてあるので、ホールはうす暗い。お陰で、血の海もただそこに黒い水たまりがあるとわかる程度だ。だがそこが極めつけの修羅場ということはわかった。

「行きましょう！　通訳もいるなら」

と小町は霜山の背中を押した。

「止めなさい南ちゃん！　あんたたち死ぬわよ」

「でもたぶん、通訳がいるわ。それに外も負傷者が多そうだし。知念さんはそっちを！」

小町と霜山は、そのまま、割れたガラスを踏みながらビルを飛び出した。外では、李将軍らが、いきなりフルオートで鉄砲をぶっ放していた。

かなり離れた場所から、赤いビーム光線が飛んでいたが、すぐ制圧された。というかビーム光線が消えた。

外にも死体が転がっていた。李将軍が「散らばれ！　散らばれ！」と怒鳴っている。

「散らばれって言っている……」

「小町さんは俺の影に！――」

足下が良く見えない。李将軍らは遂に走り出した。ここは空港だ。とにかくひたすらだだっ広い。

ようやく、どこかから照明弾が上がった。

だが、ひとつほっとした。そこいら中に子供たちが土嚢を積み上げた陣地があった。弾は直接飛んで来ないだろう。土嚢伝いに移動すれば、それなりに安全なはずだ。

東の方角では、赤いビーム光線が何本も交錯していた。銃声が響いて来るが、何がどうなっているのかさっぱりわからなかった。

死ぬんだと思った。小町は、やっぱりダメだ、こんなSFなロボット犬相手に、今度こそ自分は死ぬのだと覚悟した。

そのビーム光線が、一瞬自分たちに当てられているのがわかった。霜山が「ウワッ！」と叫んで、顔面を覆った。狙われていた。

だが、撃っては来なかった。彼らはその理由を知らなかったが、武装していなかったからだ。

前方で手榴弾が炸裂し、ようやくそのロボット犬が黙った。第1ターミナル・ビル外は利用者の駐車場になっている。ターミナルと西側滑走路の発着スポットに挟まれたメインの北通路は、そこから下り坂になり、交差する東西道路と一部がアンダーパス構造になっている。そこまで五〇〇メートル走ると、そこから先は空港業務を支えるための警察本部や行政機関の建物が並ぶ。そこからでも空港端まではまだ一キロはある。

みんな息を切らして走っていた。だが、李将軍はそこで止まった。

「ここに阻止線を引く。これ以上先はいったん放棄するぞ！」

そこにも、少年らが作った陣地がある。ここは、阻止線という扱いを受けていたので、ターミナル前の陣地より複雑な構造だった。銃座もある。郷土防衛隊の兵士たちが詰めていたが、ここでも陣地の中は修羅場だった。

まだ向こうで、ビーム光線が飛び交っていた。

「何なのよ！　あの赤いビーム光線は？　あれ当たったら私たち融けるとか、火傷するの？」

「あれ、たぶん距離を測るレーザー光線です。ついでに敵を脅している。眼に障害を負う程度のことはあるかも……」

小町と霜山は、西側駐機場敷地とを隔てるフェンス際の土嚢の影に隠れた。土嚢が階段状に積まれている。一番低い土嚢はほんの七〇センチの高さしかない。その後ろすぐに一メートルの土嚢。更に一・五メートルの土嚢が積まれている。

　ターミナルから出て来た兵士らが陣地に入って、まず負傷兵の手当を始めた。大勢が路上に倒れていた。前方にいた兵士らは、走って来てアンダーパスへと逃げ込んだ。

　将軍が「ここまで下がって来い！」と怒鳴っている。

「第一防衛線突破された模様、第二防衛線放棄の模様です！」

　将軍の隣で楊《ヤン》少佐が機関銃座に就きながら言った。

「仕方無い。ここが絶対防衛ラインだな」

　狙撃手の凌以翔《リンイーシァン》陸軍伍長がアンダーパスを走って飛び込んで来た。

「済みません！　将軍。一体は倒したのですが……」

「上出来だ。あれは、ケルベロスだな」

「はい。ですが、あれは武装していない兵士は無視するか、後回しにするようです」

「弾はあるな？　伍長は後ろに下がれ！　ここは間もなく修羅場になる。君は、ターミナルのブリッジ部分の屋根に上って狙撃しろ！」

　この道路の真後ろに、第一ターミナルから西側エリアに渡るための渡り廊下が掛かっていた。

「はい、直ちに！　必ずお守りします」

「わかっている——」

　と伍長が駆け出して行く。

「青年はどこだ？」

　と将軍は、前方を監視したまま怒鳴った。「後ろです！　壁の後ろに隠れています」と小町が叫んだ。

「その青年、肩は良いのか？　なんで君まで付いて来た！」

「だって、将軍が北京語でまくし立てるからですよ！」

「ああ、それは済まん。それで、肩は良いのか？」

「はい！　本当に、フットボールにかまけて就職活動が疎かになったそうですから」

「よし！　ありったけの手榴弾をここに集める。なるべく遠くに投げさせろ。君はもうここを動かない方が良い。弾が飛んでくる、壁に隠れていろ」

揚少佐は銃座から離れ、左右の陣地を駆け回って指示を出し始めた。北西駐機場側のフェンスは、何カ所か外してあった。そこにも陣地はある。右手の駐車場にも陣地があった。

少佐は、左右のビル影から飛び出てくる敵に気をつけろと怒鳴っていた。突然、アンダーパスの真上の橋で、何かが爆発した。白く輝く何か、異様に眩しいものが燃え始めた。

「ああ、クソ！……。そりゃそう来るよな。迫撃砲弾が来るぞ！　みんな身を伏せろ！　小町さん、壁のこっち側へ！　誰か死体を積み重ねろ。少しでも防壁になる」

空挺用の93式六〇ミリ砲の攻撃だった。そこはサークル型の陣地ではなく、外側に向けて階段状の壁が二重三重に築いてある構造だ。直撃でなくとも、破片を喰らう恐れがあった。

海兵隊〈鐵軍部隊《アイアン・フォース》〉の愛称を持つ《第99旅団》の学徒兵士官・王一傑《ワンイージェ》少尉は、タブレット端末で、ドローンの映像を見ていた。

「ケルベロスってさ、ギリシャ神話だよね？」

「自分に聴かれても困ります。そういうインテリな話は少尉殿のご専門だと思いますが」

と劉金龍《リウジンロン》曹長（上士）が応じた。

「冥界の番犬、三つ首を持つ」

「ほら、ご存じじゃないですか。確か、ウクライナ戦争の最中に、大陸の軍需メーカーがデモ映像を公開した。ドローンで運ばれてくるロボット犬です」

「コロナ・ウイルスでも、ケルベロスという名前の奴が登場したよね」

王少尉には、今はもう二個小隊が預けられていた。歩兵小隊と迫撃砲小隊だ。

集められた歩兵小隊の分隊長が、最後の命令を待っていた。

「じゃあ、みんな！　気をつけてくれ。敵は、民間軍事会社のプロの傭兵だ。われわれより訓練されているし、装備も良いはずだ。そして傭兵は、金のために働くのであって、国や党のために死ぬ気で戦うわけではない。それだけにやっかいだ。殲滅する必要は無い。深追いはするな！　ただ押し返すだけで良い。殲滅は明るくなってからだ」

楊志明《ヤンヂーミン》上等兵が、タブレットの画面を睨みながら「来た来た！――」と叫んだ。

「敵砲兵隊の攻撃、始まりました！」

「われわれに砲兵小隊を預けてくれた陳《チェン》大佐の慧眼に感謝すべきだな。では砲兵隊は撃ちまくって敵砲兵を黙らせてくれ！　全員乗車！――」

「少尉殿もすっかり様になって来ましたな。このまま軍に居れば、海兵隊参謀長まで昇り詰めますよ。つい一週間前は、マガジンの交換すらまともに出来なかった若造が……」

「いやいや、曹長。さすがに交換くらいは出来たよ。そらまぁ、君ら職業軍人から見れば、少しはまごついたかも知れないが」

陸軍の増援が手間取っているという情報を得て、基隆《キールン》近くに布陣していた海兵一個大隊から援軍として出発した。陸軍の増援が山越えで奇襲されたと聞いて、ずっと海外線のルートを走ってきた。歩兵はたったの二個小隊だ。いれば弾避けにはなるという程度の戦力だが、久しぶりの戦闘だ。兵士も王少尉も、自信に溢れていた。

迫撃砲の連続した砲撃音が聞こえてくると、李将軍は「口を開けろ！　口を開けろ！」と怒鳴った。着弾より先に砲撃音が届く。

迫撃砲弾は一斉に着弾した。彼らの陣地から一〇〇メートル半径内に六発が着弾した。敵はドローンで覗いている。連続発射はせず、さらに着弾修正して撃ってきた。

二斉射目は、さらに集束する。小町は、地面に伏せていた。小町に覆い被さるように霜山も伏せている。その隣には、まだ暖かい死体が、障壁として三体積んであった。

だが、三斉射目は無かった。確かに発砲音は聞こえたような気がしたが、砲弾は落ちなかった。

その代わり、次にクラクションが聞こえてきた。軍用トラックのクラクションだった。そして、海側道路から、ウォー！　という雄叫びが聞こえてくる。アンダーパスの上を、曳光弾が左から真っ直ぐ走った。

「左翼から援軍！　左翼から援軍アリ！――」

駐機場側の陣地から楊少佐が叫んだ。

李将軍は、アンダーパスの下と上を狙って軽機関銃を連射した。敵を殺すためではなく、自分たちの位置を援軍に教えるためだった。

戦闘は、それで終わりだった。ケルベロスも、敵も、一発も応戦してくること無く後退した。鮮やかな後退だった。

しばらくして、海兵隊部隊が、フラッシュ・ライトを点滅させながら現れた。

王少尉は、自分が接触した相手が李将軍だと気付いて驚いた。

「ご無事で何よりです、将軍！　間に合ったとしたら幸いですが……」

「君か？　台湾大出のエリート少尉……。立派になったものだな。この戦争を無事に生き抜いたら陸軍に来い。偉いさん連中に口を利いてやるから！」

二人は、ともに淡水の戦いで地獄の戦場を戦って戦線を支えた。

小町は、怖々と起き上がると、周囲を見渡した。駐車場の放置車両に砲弾が落ちて車が燃えていた。その炎で、ほんの二メートルしか離れていない所に重ねられた死体の山が良く見えた。

砲弾の破片がその死体に刺さって、戦闘服が焦げてまだ煙が上がっている。

霜山は、そこに体育座りしていた。右手に何か握っている。手榴弾のようだった。

「霜山さん、その右手……」

「え？　ああ、大丈夫です。ピンというか、リングは抜いてない」

だが、霜山は、手榴弾を置こうとしたが、その握った拳をなかなか開けなかった。彼もまた震えていた。もう一回迫撃弾が落ちていたら、二人とも無事だったとは思えなかった。

小町に覆い被さった霜山のコンビニ・ベストの背中部分は、一部が切り裂かれていた。

第八章　脱出

人民解放軍・第164海軍陸戦兵旅団は、台湾最北の温泉の街、金山《ジンシャン》地区に立て籠もっていた。陽明山《ヤンミンシャン》の西側麓に上陸し、激しい戦いを繰り広げて、ここまで退却して来た。台北も、あるいは軍都基隆も目前だったが、残念ながら敵の数が多すぎた。

三倍以上の戦力に包囲され、進軍を諦め、あとはただこの町に居座って、温泉に入って過ごした。敵は、攻めては来なかった。ただ包囲するだけ。負傷兵の取り扱いを巡って、若干のやりとりがあった程度だった。

恐らく、敵もその犠牲におののいたのだろう。こちらを包囲する程度の戦力は貼り付けたが、殲滅しようとはしなかった。

部隊を率いる姚彦《ヤオイエン》海軍少将一行は、海側へと突き出た獅頭《シートウ》公園登山歩道の梢の下を歩き続けた。敵のドローンが飛んでいたが、見張っているのは敵正面と対峙している山側だった。海側の監視はほとんどなかった。

別働隊大隊を率いていた曹和平《ツァオホーピン》大佐が、暗闇で、「では提督、自分はこの辺りで」と足を止めた。

「良いのか？　大佐」と提督が聞き返した。

「私は、党にも軍にも十分奉仕しました。強引に呼びつけられて、いやいや部隊を率いた。もう十分だ。それに、負傷兵だけを残して、幹部が全員脱出したというのでは格好がつかんでしょう。誰かが、ここに残って、部隊がいるように偽装しないと。そもそもこの歳で深夜に海水浴なんてまっぴらだ。どうせ乗り込んだ途端、済まないが次の戦場に向かってもらう……、となるんですよ？」

「もちろんそうなる。それが兵士の仕事だ。世話になった。では、後を頼むよ」

「はい。夜明けの後くらいまでは、騙して見せます。雷炎《レイイエン》！　戦争が終わったら遊びに来い。君とは話が合いそうだ」

「ええ。捕虜交換の折には、お迎えに行きます」

　旅団作戦参謀の雷炎大佐が名残惜しそうに言った。

「うん。こっちで過ごす間に、人間ドックとか受けさせてもらいたいな。大陸じゃ、退役軍人はそんなまともな扱いは受けられないから」


　曹大佐は、本隊の脱出を手助けする一個小隊を残して引き返した。ここに残る兵士も、別に不満は無かった。脱出するといっても、大陸へ戻れるわけではない。単に次の戦場に向かうだけなのだ。

台湾軍海兵隊《第99旅団》＝〈鐵軍部隊《アイアン・フォース》〉の一個大隊を率いる陳智偉《チェンヂーウェイ》大佐は、台湾最北の街で、北23号線という、やたらに細い山岳道路上にいた。

　高度五〇メートルの、やや緩やかな下り坂の途中に、三脚に乗せた大型の暗視双眼鏡を置いて、二キロ余り向こうの対岸を睨んでいた。

　波が立っているわけでもなければ、船舶が見えるわけではない。星明かりのない夜に、そこから見えるのは、金山地区の磺港《ファンガン》漁港から、まるで鏃《やじり》のように海側にせり出した磺港山の一部に過ぎない。

「こいつはまるで、ネス湖で怪獣を見張っているような感じだな……。潜水艦も、水面を泳ぐ兵士も見えないぞ」

「よろしいのですか?」

と作戦参謀の黄俊男《ホァンジュンナン》中佐が聞いた。だがその口調に非難めいた響きはなかった。

「われわれは気付かなかった。間抜けにも、敵が自分たちと同じように潜水艦を使って包囲網から脱出するとは想定しなかった……。そういうことだ」

「これはたぶん、軍法会議ものですな」

彼らは、東沙島に始まり、この敵と場所を変えては死闘を繰り広げ、すでに三週間、戦ってきたのだ。因縁浅からぬ敵同士だった。

「連中はどうせ大陸には引き揚げずに、夜明け時には、桃園や新竹に上陸することでしょう」

「なら、われわれが先回りし、ビーチで出迎えるさ。旅行代理店の旗でも振って。ようこそ! 台湾へと。戦場に騎士道はあると思うか?」

「ウクライナのロシア軍にはありませんでしたな。あれは、眉をひそめたくなるほどに、野蛮で下品で、時代錯誤な軍隊だった。水平線上には日本の護衛艦も居座っているのに、彼らも呑気なものだ……」

「まさか! 連中が気付いていないとでも? 彼らにした所で、嫌だろう。魚雷一発積んでいない、単なる兵員輸送用の潜水艦を沈めたいとは思わないさ。寝覚めが悪くなる」

「では、われわれも悟られないよう、部隊の撤収準備を始めましょう。ひとまず桃園も支えられたようだし」

「ああ。早くその〝ケルベロス〟とご対面してみたいな」

「自分が軍籍を退く頃には、きっと、レーザー銃を構えた銀色の骨格のヒト型ロボット兵士が登場してますよ。そしてロボット対人類の戦いが始まっている」

「戦争の犬という意味では、われわれもそうだな。だが、われわれはＡＩ制御のロボットではない。兵士としての誇りやモラルがあるべきだ」

　二人は、監視の兵隊をその場に残すと、下ってきた山道を登り始めた。この三週間の戦いでも、次々と新兵器が登場する。ウクライナでの戦争を、二十分の一の時間で早送り再生しているような気分だった。


　ガイドロープをカラビナ付きのロープで引っ張られて潜水艦らしき代物に辿り着き、兵隊は、水面一メートルほどに顔を出した司令塔に上り、発令所へと降りた。

　姚彦少将らが発令所に降りると、艦長の周楚《ジョウチュー》怡《イー》中佐がバスタオルを差し出した。

「ご無事で何よりです、提督！　計画艦12号潜水艦に歓迎します――」

「ご苦労中佐。遅い時間帯だが、夜食はあるかね？」

「ああ……。提督、着替えくらいお出ししたかったのですが……」

「ほんの冗談だ。われわれはこの数日間、毎日温泉で寛いでいた。どうせ数時間の航海だ。我慢するよ」

「はい。兵員室へご案内します」

　発令所のハッチを出ると、いきなりそこが兵員室だった。まるで、ワイドボディ機の機内のようだった。後ろまでずっとシートが並んでいる。だが、そのシートの配置は、世界中どんな格安航空でもあり得ないほど狭いピッチだった。腰を預けることしか出来ない。もちろん、座席裏のテーブルも無い。身体を入れたら、前の席との隙間は一〇センチもなさそうだった。そもそも身体を入れるというのが難しそうだった。

「それが、本艦は最大でも一二時間以上の航海を想定しておりません。一応、トイレはありますが。航続時間が短いので、駆動系はバッテリーのみ。そのため、空間を有効に使えます。たったの四〇〇トンで、何百人も運べる」

「家畜のようにな」

「はい。しかし、提督が釣魚島でご利用になられたタートルよりはましです。あっちは、小型潜水艇といえども、ずっと水中で、酸素のレギュレーター・ホースを咥えている必要がありますから、鍛え抜かれたコマンドしか乗せられない」

「いつのまにこんなものを造った？」

「ウクライナ戦争では、ロシア軍はあっという間に制空権も航空優勢も喪失しました。それで、軍は慌てたのです。台湾海峡の制空権など半日で確保できると楽観していたのに、その維持となると難しそうだと。現にそうなりましたが。それで、敵の航空優勢下でも、安全に海峡を渡って、兵員と物資を陸揚げ出来る小型潜水艦の開発が始まりました。どこまで本当の話か、設計図は二週間で描き上げたとか。本艦には、兵員や物資を輸送する以外の機能はありません。魚雷もミサイルもありません。潜望鏡すら。潜望鏡代わりに、有線のドローンを海面に挙げるだけです。最大潜行深度もほんの一〇〇メートル。艦長室も食堂もなし。飛行機を潜水艦構造にして沈めただけです。酸素回りは気を遣ったようですが」

「武器弾薬の補給はなしか？」

「そのことですが……」

と中佐は言いよどんだ。

「この命令を伝える役目は断りたかったのですが」

「わかっているさ。どうせこのまま他所の戦場に上陸せよ、だろう」

「はい。残念ながら。自分らも、補給物資と兵員を届けた後にこちらに回りましたので、追加の補給物資は何もありません。あるとしたら、上陸地点で残っているか、あるいは別便で届けられるか」

「わかった。問題はないよ。休養した後だ。給料分の仕事はする」

「恐縮です。では、ご搭乗のお客様、テーブルを畳んで座席を元の位置に戻し、シートベルトをお締め下さい！――」

　ファースト・クラスはもとより、士官用のビジネスシートすら無かった。ひたすら兵隊を詰め込んで運ぶためだけの潜水艦だ。

　だが、こういう潜水艦がほんの一〇隻もあれば、戦争も楽になると提督は納得した。

「気に入ったか？　雷炎」

　と提督は、軍神・雷炎に問いかけた。

「提督……。いつの時代になっても、兵器で戦場を支配することは出来ても、戦争に勝つことは出来ませんよ。ロシアが良い例だ」

　雷炎は、塩水べったりで不快な戦闘服をパタパタさせながら答えた。全身から海水が滴り落ちて床を流れていた。実に、世界中でこの男ほど軍人が似合わない奴はいないと提督は思った。だかその頭脳は誰より優れている。

　その雷炎の隣には、こちらもずぶ濡れの程《チェン》帥《シュアイ》中尉がいた。雷炎のお目付役の技術将校だった。彼女は、持参したドローンやＭＡＮＥＴ用の中継システムを全て置いてくるしかなかった。残念そうな顔をしていた。

「君の仕事は無くなったな。陸地に残って投降しても良かったのに」

「ええ。でも軍がやることにはぬかりはありません。たぶん、自分が上陸した先では、すでにMANETやそれなりの数のドローンが展開しているはずです。仕事はありますす」

雷炎は小声で「今のわれわれはきっと、ウクライナ東部地域から、冷蔵庫や電子レンジを担いで潰走するロシア軍だぞ……」と囁いた。

「戦死者に失礼ですよ！」と中尉は睨み付けた。

新庄一尉が操縦するイーグルEX部隊は、下地島空港に着陸すると、直ちにGBU‐53／B〝ストーム・ブレーカー〟滑空爆弾の搭載を開始した。

桃園と新竹方面への対地支援攻撃の準備だった。離陸直前に、軍用犬ロボットの出現を報された。

彼女らにとっての問題は、それはどうやって海峡を渡ってきたか？　だった。空対空ミサイルを探知できるレーダー・システムが、爆撃機から発進したドローンをキャッチできなかったという事実が俄に信じられなかった。

油断したのかと思ったが、事情は段々わかってきた。速度だった。搭載するシステムは、空中に浮かぶものを何でもキャッチしてパイロットに報せて来るわけではない。

それなりの速度が大事なのだ。恐らくそのドローンは、レーダーには映っていたが、ヘリより速度が遅すぎて、何かのノイズだとして切り捨てられたのだろうということだった。

解放軍の反撃に備えて、槍を担うF‐35B戦闘機部隊も二隻のヘリ空母から上がって来る。

解放軍が、二日続けてのこちらの攻勢に、反撃する意志と能力を持っているのか疑問だったが、日台両空軍は、気を抜かずにそれに備えるという意志を貫いた。

「桃園も新竹も、地上軍は、どうしてこんなに苦戦しているんでしょうね？　台湾陸軍なんて、その総兵力はもう三〇万くらいに膨れ上がっているんじゃないですか？」

新庄は、後ろのエルシー・チャン少佐に話しかけた。いつでもストーム・ブレーカーを放り出せる位置を飛んでいたが、支援要請は無かった。

敵味方がそれほど交錯して激しい戦闘が続いているということらしかった。

「台北中を掘り返しているという噂よ。塹壕やタコツボを掘るために。彼らは、ウクライナの教訓に学んで、そもそも台北の攻略は全く不可能だということを北京に理解させるために、台北に兵力を集中している。だから、地方で敵を撃退するのは、地元の郷土防衛隊と自衛隊に任せる」

「そんなまさか！　これは日本の戦争じゃないですよ」

「でも事実、日本は中国と戦っているじゃない。互角以上に」

「そうですかねぇ……」

近くにいるE‐2D〝アドバンスド・ホークアイ〞早期警戒機が、並んで向かってくる二機の大型機を捉えていた。珍しい組み合わせだ。Y‐8XZ電子戦機二機だった。

この戦争で初めてお目に掛かったような気がする。四発機なので出力が大きい。E‐2Dに電波妨害を仕掛けてきた。

だが、その背後にはAWACSもいれば、イージス護衛艦も基隆の沖合にいる。あまり意味の無い電子妨害だと思った。

「これ、何ですかね……。意味がわからない。E‐2Dを無能力化した所で……」

「E‐2Dが嫌われているということは、あれで見える何かを隠したいということでしょう？」

「なるほど！　J‐20ではなく、J‐35ですね。ちょっと辛いですね。レギオン・ポッドで海峡の向こうを覗くには雲が張っている」

AWACSからEX編隊に指令が届いた。無線封止を解除。AESAレーダーの火を入れ、沿岸部まで進出、空中にあるものを全て排除せよ！という命令だった。

高度を上げ始めると、背中の東の空にリング状の光の輪が見えた。太陽がそこまで顔を出している。

AESAレーダーの火を入れる。取得できる情報は、イージス艦やその他の機体のレーダーから得られるデータとほぼ同じだ。前線に突っ込んだ分、見えやすいという程度に過ぎない。

「Y‐8から行きますか？」

「あんな雑魚は他の戦闘機に任せなさい。例の空警機も上がっているわよ？」

「近くには必ずJ‐35戦闘機がいますよね」

いるにはいたが、大陸上空だった。引き籠もっているというほどでは無かったが、それでも奥深い。

だが、彼女らが決断する前に、飛行隊長が決断した。突っ込め！　と。

雲の上を飛び、海峡へ真っ直ぐ突っ込んで行く。Y‐8XZ電子戦機二機は、徐々に後退し始めていたが、台湾空軍のF‐16V戦闘機が襲いかかった。

その二機が撃墜された途端、E‐2Dのレーダーが蘇った。

新庄は、「ワォッ！」と反応した。真後ろに、J‐35戦闘機の一個飛行隊が隠れていた。

正体が露見した途端、J‐35戦闘機部隊は、ミサイルを発射した。それは空対空ミサイルではなく、空対地ミサイルだった。

そしてすぐ引き返して行く。

J‐35が反転したことで、EX自機のレーダーでも捕捉できるようになった。雲の中で、敵機の姿は直接は見えない。だが、味方戦闘機が次々とアムラーム・ミサイルを発射した。

馬鹿な連中だと思った。自分らの前で反転したら、レーダーにまる見えなのに……。

追い掛けながら、だが自機のレーダーが把握していないターゲットをE‐2Dが送って遣した。まだこちらに向かっている戦闘機がいる。減速していた。こちらに後ろを見せたくないのだ。頭の良いパイロットだ。度胸もある。

「いったんレーダーを消すわよ！」と後席から声が掛かった。

「了解！」

こちらも姿を消して追い掛けることになる。

新庄は、いったん敵編隊をやり過ごしてから反転した。悔しいが、雲の中では敵の姿は追えない。

「はい、レーダー入れる！」

敵影が戻る。敵機の真後ろに付いていたことで、敵は驚いた様子だった。すぐさま敵も反転する。

E‐2Dには見えているが、また敵影が消える。

そうやっている内に、双方の距離が縮まってきた。

「この辺り、雲が薄い！」

新庄は、首をくるくると回した。まだ暗いが、レギオン・ポッドが何か見付けてくれるはずだった。

格闘戦用に、サイドワインダーの最新型を二発だけ持っていた。もうその距離で撃ち合うしかない。下手したらバルカン砲だ。

「9時方向！――」

見えた。途切れ途切れの雲の間を飛んでいる。

新庄機は、そのJ‐35戦闘機とほぼ平行に飛んでいた。距離は五〇〇〇メートルもない。

新庄はチッ！ と漏らしながら、一気に幅寄せした。この距離で撃ち合うには危険だ。いったん交差してブレイクした後に撃ち合うしかないと思った。

新庄は、機体をぶつける覚悟で突っ込んで行った。そして、相手のコクピットを視認できる至近距離でロールし、そのど派手な機体をわざと見せつけてやった。まだ暗いが、たぶん敵の光学センサーも捉えたはずだ。もちろん、これが見納めになる。

交差した瞬間、反転して攻撃態勢に入った。敵は二機編隊だ。二機とも殺れる。

敵は超音速巡航に入っていた。こちらも、アフターバーナーを焚いて追い掛ける。だが、あと一歩の所で、敵は逃げ切った。金門島上空へと急降下したのだ。金門島上空で誤射したら、ミサイルが島内に落下する恐れがある。あるいは敵戦闘機そのものが住宅地に墜落するかも知れない。そこから上がって来るのを待つことも出来たが、編隊に帰還命令が出された。

「見えたと思います？」

「ええ。そりゃもうばっちり見られたわよ。貴方、しつこい女だと恨まれるわよ？」

「そうであって欲しいですね」

花蓮空軍基地へ向けて、J‐35戦闘機から八〇発の空対地ミサイルが発射された。六〇発は空と地上から撃墜されたが、完全復旧した基地に二〇発が着弾した。幸い戦闘機はほとんど上がっていたが、仮設で立ち上がったばかりの基地施設に、それなりの損害が出た。

解放軍にもまだまだそれなりの戦力と能力が残っていることを誇示した作戦となった。

J‐35戦闘機隊を率いていた火子介《フオツージエ》海軍中佐は、

金門島上空から脱出して徐々に高度を上げると、さっき交戦したEX戦闘機の赤外線映像を再生した。肉眼でもはっきりと見えた。とにかく、呆れるほど派手なペイントをしていた。あれはいったい何の意味があるのだろうと疑問に思うしかなかった。あるいは、われわれを挑発したいのだろうか？　と。

海上自衛隊第一護衛隊群旗艦・イージス護衛艦〝まや〟（一〇二五〇トン）は、基隆軍港から北東沖六〇キロを西へとゆっくり航海していた。

すでに夜明けが近づいていたが、大忙しだった。まず、米側から、昨夜のデコイ・ジャマー攻撃の戦果の報告が入っていた。空母二隻に、デコイがそれなりの数、命中して、多少の損害を与えることが出来た。恐らく運用には支障は無いが、米側は、われわれがいつでも空母部隊を撃沈できるという明確な意志表示が出来たというレポートを書いて遺した。

それから、兵員と補給物資運搬用潜水艦の存在を示唆する報告が陸上自衛隊から上がっていた。これはいかんともし難い情報だった。

確かに、台湾海峡の航空優勢は奪還したが、まだ哨戒機を飛ばせるというほどの安全性はない。そして、護衛艦部隊を台湾本島西岸に展開するのは、あまりにも危険だった。

沿岸部でのドローンや兵士の目視での監視を密にしてもらうということでしか対応のしようは無かった。

だが、その報せのお陰で、金山地区に接近した二隻の小型潜水艦は発見することが出来た。撃沈するか否かを巡って、東京の裁可を得ている間に、兵士の収容作業が始まり、結局、攻撃はしなかった。台湾海軍筋に、それなりの情報は渡してよしとした。

　いくらその付近で対潜哨戒をやっていなかったとはいえ、基隆の目と鼻の先で、それなりのサイズの潜水艦が接近していたというのは、あってはならない事態だった。

　ロシア海軍は、黒海で、小型艇ドローンによる攻撃で痛い目に遭った。さらに警戒を厳とせよ！　という命令を艦隊に出した。そして、昨夜、それなりの損害を出したはずの中国海軍が、まだ第3梯団の準備を続けているという不可解な情報も気がかりだった。

　夜明けが近づいていたが、まだ海面は暗い。

　第一護衛隊群司令・國島俊治《くにしましゅんじ》海将補は、旗艦用司令部作戦室《FIC》の指揮官用椅子で舟を漕いでいたが、識別不明目標《アンノウン》発見の報せに目を開けた。

「どこだ？」

「艦隊のすでに内側です！」

　と首席幕僚の梅原徳宏《うめはらとくひろ》一佐が険しい顔で報告した。

「ターゲットは？」

「おそらく、〝かが〟の模様――」

　國島は、フー！　と大きく息を吐いた。

「いちばんでかい的を狙って来たか！　海幕はもう少し、中国海軍の艦艇を熱心に研究すれば良かったんだよ。彼らの艦は、山のような光学センサーを装備して、洋上からのドローン攻撃に備えている。あれは自分たちがそれをやるということの証明でもあったのに」

「哨戒ヘリの攻撃システムでは……」

　今、必要なのは、魚雷でもミサイルでもなく、重機関銃だ！　だが哨戒ヘリはそれを搭載していなかった。

「〝かが〟から、アサルトを持った哨戒ヘリが上がります。付近に〝あきづき〟が居ます！」

　あきづき型護衛艦のネームシップ〝あきづき〟（六八〇〇トン）が、主砲を発射しながら全速力で突っ込んでくる。

「見えているのか？　あきづきには、敵が見えているのか？」

「付近を飛ぶ哨戒ヘリからの誘導かと」

「弾の無駄遣いだ……」

　SH‐60Kヘリからの映像データが入ると、皆が息を飲んだ。半没艇が白波を立てながら疾走している。速度は二〇ノット出ている。船体のほとんどは沈んでいるようにも見えるが、黒く塗られたデッキ部分は、水面に出ている。どうかすると、小型鯨類にみえなくもない。

「これは動力は何なのだ？」

「煙突や排気筒が見えないから、バッテリー推進ですね。熱反応もない。その方が構造は簡単です。しかしバッテリー部分が重くなる。大陸沿岸部からここまで来るのは大変でしょう」

「全長、五、六メートルはありそうに見えるが。炸薬はどのくらいかな」

　SH‐60Kも機関銃は装備できるが、そのためには、いろいろ不便を甘受しなければならない。こういう事態を想定しなかったわけではないが、対潜哨戒が優先する。

〝かが〟がいったん戦闘機の収容を止め、回避行動へと入っていた。ドローンとは逆方向に向けて速度を上げていた。

「時間を稼げ……」

　そうすれば、護衛艦が追いつける。だが、ドローンも徐々に速度を上げていた。あきづきが、速度を上げて追い付いて来る。すでに一〇〇〇メートルほどの距離だ。先行する〝かが〟から、アサルト・ライフルを抱いた隊員を乗せた哨戒ヘリが発艦した。

だが、〝かが〟とドローンの距離は、すでに六〇〇〇メートルを切っていた。デッキ上に、これもアサルトを持った乗組員が出てくる。横一列に並び出した。

なんて前近代的な戦闘だろうと國島は思った。弾道弾を迎撃し、二〇〇発の飽和攻撃に耐えるイージス艦隊が、たかが一隻の無人艇に翻弄されるなんて……。

〝あきづき〟の艦上から、重機関銃が発射される。まだ距離は一〇〇〇メートル近い。向こうはもう二五ノットに上げていた。

「そりゃ当たらないよねぇ……」

〝かが〟がゆっくりと、左舷へと舵を切りつつあった。〝あきづき〟はそのまま直進する。そうすれば、〝あきづき〟とドローンはコリジョン・コースに乗るはずだ。万一の時は、体当たりで阻止してもらうしかなかった。残念だが、〝かが〟を守るしかない。

〝あきづき〟とドローンの距離が三〇〇メートルを切ったが、まだ命中しない。衝撃に備えて、哨戒ヘリは高度を上げ始めた。

一五〇メートル距離まで近づき、ようやく重機関銃の弾が命中した。だがその時にはもう、ドローンは水面を飛ぶように走っていた。パッと炎が上がったが、最後は、喫水線の上で〝あきづき〟の右舷に命中して爆発した。

それなりの大きさの火炎と衝撃波が発生したが、すでに戦闘配置中だったため、奇跡的に死者は出なかった。また爆発が喫水線の上で起こったため、その後の浸水に対しても、ダメコン訓練のお手本のような状況で対応出来た。だが、〝あきづき〟は戦列からの離脱を余儀なくされた。

そして、その後の夜明け以降の捜索で、他に四

隻ものドローン艇が発見された。衝撃的な事実だった。四隻とも、すでに艦隊の内側に入り込んでいた。これだけの数が、自分たちの警戒網を突破していたという事実に國島は、深刻なダメージと責任を覚えた。早急に、警戒手順を見直す必要があった。

エピローグ

新竹、交通大学の体育館では、蔡怡叡《ツァイイーレイ》中尉が、マットレスの上で目を覚ましていた。

すぐ、原田一尉が呼ばれた。眼をぱちくりすると、外が明るいことがわかった。

「お早うございます。ここがどこだかわかりますか?」

「ええと……」

「自分の名前を言えますか?」と原田は英語で聞いた。

「はい。蔡怡叡陸軍中尉です。貴方は、自衛隊の衛生士官で、特殊部隊の隊長という変わり者で、北京語はもう少しお勉強が必要ですね」

「良かった。私の手を両手で強く握って下さい」

力は入らなかったが、握り返せた。

「では、両足の指の先を動かしてみて?」

原田がそっちを確認する。

「問題無い。良かった良かった! 麻痺はなさそうだ。貴方は、硬膜外血腫を起こして倒れました。けど、名医に救われた。そして、今の所、後遺症はなさそうだ。ちょっと乱暴な手術だったので、跡は残るでしょうが、髪型で隠せるでしょう。しばらくは絶対安静です!」

こくりと頷く蔡の頬を、涙が伝った。

「戦争は……」

「ああ、敵も手強い！　まだ撃ち合っていますよ」

確かに銃声が聞こえる。

「でも、貴方の戦争はもう終わった。なるべく早く、安全な場所へ後送できるようにします。寝て下さい。安静と睡眠が必要だ」

原田は、握った両手を放しながら、少なくとも、今日、自分の意志と行動で、一人の人間は救えたのだ、と満足した。

桃園空港では、夜明けと共に戦闘の後片付けが始まった。依田健祐は、放心したまま夜明けを迎えた。彼は、ちょっとしたヒーローだった。学校の正門にお前の銅像が建つぞと囃し立てられた。

そして、彼らが破壊したロボット犬二頭を前に置き、それぞれのM‐16A1ライフル銃を右手に持ち地面に立て、記念写真を撮り合った。

呂《ルー》先生は、そこそこ笑顔だった。自分の生徒を全員守り抜いたことでほっとしている感じだった。

高文迪《ガオウェンディ》は、やたらとハイテンションだった。健祐の父親と自分の父親が一緒にいて無事だという報せも届いて最高だった。

だが、そのお祭り騒ぎの中心にいた健祐は、終始ぎこちない笑顔だった。今朝は、こうして生き残った。だが、今夜はどうだろう？　と不安になった。

それは、全く小さな動きだった。台南市のほぼ真西の広東省東端の海上で、数十機の巨大な扇風機が回り始めた。海面を煽り、膨大な霧を発生させていた。二時間経っても誰も気付かなかったが、その霧は、小さな雲を生み出し、陽が昇った後の太陽に温められ、さらに大きく成長を始めていた。

あるはずのない雲がそこに生まれ、気象衛星の異常データとして関心を集めるのは、まだ数時間後のことだった。


〈九巻へ続く〉

ご感想・ご意見は
下記中央公論新社住所、または
e-mail：cnovels@chuko.co.jpまで
お送りください。

C★NOVELS

台湾侵攻《たいわんしんこう》8
——戦争《せんそう》の犬《いぬ》たち

2023年1月25日　初版発行

著　者　大石《おおいし》英司《えいじ》

発行者　安部順一

発行所　中央公論新社
〒100-8152　東京都千代田区大手町1-7-1
電話　販売 03-5299-1730　編集 03-5299-1930
URL https://www.chuko.co.jp/

DTP　平面惑星

印　刷　三晃印刷（本文）
大熊整美堂（カバー・表紙）

製　本　小泉製本

Published by CHUOKORON-SHINSHA, INC.
Printed in Japan　ISBN978-4-12-501460-9 C0293